U0041236

陪我任性一個月好嗎？

不玩會死

路嘉怡

推薦序

還記得那個下午，陽光挺好。小米帶著，嗯，她的大個兒，低調地出現在我辦公室。

或許因為我是她認識的人當中，少數身在旅遊產業，又有著所謂達人頭銜，每年固定至少要去一兩趟法國和義大利帶團，而且曾經自己駕車在當地蜜月旅行的；所以她說，想聽聽我的意見。

嚴格來說，像小米這麼有自己的主張，而且善於搜尋資料的風格旅人，並不真的需要我們所提供的旅遊服務；但我拿出歐洲大地圖，攤開在白桌上，在午後的陽光下，開始在圖上點出一個又一個城鎮，然後討論著該用什麼樣的交通方式、從這個點到那個點；說真的，我很享受那個過程—無論是分享歐洲自駕經驗給他們，或者共同想像著行程的各種可能性，彷彿重溫自己蜜月中的細節與點滴，同時又參與了一趟新旅程規劃的興奮。

不久之後，小米和大個兒正式出發了。我從臉書上追隨著她的行蹤，並很驚喜地發現，儘管行程的走法基本依循著那天我們討論的順序，但在每個城鎮停留的細節，都完全是她自己從各種資訊來源找到的、非常具有個人特色的安排。其中的一些飯店、民宿或莊園，可能是我原本不知道，但看了之後也非常心動，不得不暗自讚賞的好選擇！

當他們完成整整一個蜜月回國之時，我特地發了個訊息，表達上述的激賞，同時也慚愧地坦承，自己其實沒幫上什麼忙。但小米回覆道，說非常感謝我在那張空白的歐洲大地圖上起了個頭，給了最初的方向，他們才得以繼續規劃、完成這整趟旅行，這麼一說，我頓感欣慰起來（笑）。

謝謝小米，讓我有機會從頭參與這趟，充滿了愛與冒險的蜜月之旅。我也相信，小米和大個兒，從現在到未來，依然會精彩而甜蜜地，繼續一起旅行。

—— **旅遊雜誌總編輯 工頭堅**

推薦序

這個女生，她會說出口的，都是美好的。就像你會看到她，多半是她有能力讓陽光灑滿全身的時候。

她有一顆優秀的腦袋，裡面裝滿文學、藝術、音樂……，更別說讀書時期一直品學兼優。她有高挑健美的身材（抱歉啊！雖然我知道她一心要當紙片人，但她的陽光氣質與紙片人實在難以 match）。她有可愛的聲音，可愛到足以對任何人說出無理的話，卻不會被責怪。「天之驕女」，那就是剛與她做朋友時，一見到她就會跳進腦袋中的四個字。所以那一陣子，我最常說她：「你就是太陽神的女兒呀！」

但她不會說出口的，是她成長、人生經驗裡受過的挫折、經過的痛苦。

她不會告訴你，她有一顆優秀的腦袋，是因為她很認真吸收她有興趣的事物。

她不會告訴你，她的朋友寵愛她，是因為她對待朋友總是貼心和有義氣。

她不會告訴你，她努力工作賺錢，是因為她是一個多麼孝順的女兒。

她不會告訴你，那個大個兒願意緊握著她的手陪她走遍世界，是因為她也為大個兒流過多少眼淚和付出多少心血，讓大個兒覺得生命中不能沒有了她。

因為她知道真實人生的嚴酷與實際，總是認真用心地製造浪

漫與金光燦爛的生活，也許那就是她喜歡旅行的原因，離開了真實生活的環境，在旅行當中給自己和另外一半無邊無際的脫離現實生活的機會，然後，又有了回到現實生活的力量。

在書裡，她說：「我跟大個兒都愛走路，可以走上一整天都不喊苦，只要我有街逛，他只要有美食可吃，路就可以不斷往前走。」明明是不同的喜好，卻可以走在一條路上，這是她的聰慧。

而讀到那篇〈卡爾卡頌城堡─從未被攻陷過的心臟地帶〉，她與大個兒的爭執衝突，讀起來讓人驚心動魄，你以為這一路的輕鬆浪漫要玩完了，但這個女孩兒以「我笑了，連忙送上十幾個對不起和剛才忽略了的擁抱。」挽救了在中古世紀浪漫城堡的唯一一餐燭光晚餐。這是她的玻璃心肝。

她所得到的，從來都不只是命好，就像阿布欣貝神殿那 20 分鐘的太陽光束是經過努力計算和付出勞力才如神蹟般顯現在世人眼前；只是她那看起來總是一派輕鬆的外表，讓人以為她不過是幸運而已。

如果你只看到她那鑲過光暈的幸福，那麼你可能會羨慕甚至忌妒她；如果你也有幸看到她鮮為人知的勤奮付出，那麼她會給你許多許多對幸福呀、快樂呀，的憧憬，因為她就是這樣為自己的幸福和快樂努力追求著，並且能夠得到的人。

── 總編輯　周湘琦

推薦序

「這是我一輩子的夢想，我可以不要住好房子、穿好衣服，我可以不要鑽戒、婚紗、喜宴，這些東西我都可以不要，但是，

『蜜月我想要一個月』

沒有什麼 21 天、25 天、28 天的，就是要一個月，要超過 30 天。」她看著我，眼神堅定、語氣平和的說了這些話。

在我跟她為了「蜜月到底要多久這件事協調了很多次之後，她使出了「一輩子的夢想」這個大絕招，我⋯⋯沈默了。

仔細回想，其實我是一個沒有什麼夢想的人。我很務實，我從來不看我買不起的東西；我很愛面子，我從來不對任何人擁有我沒有的生活時，表現出一點羨慕的表情；我不喜歡過生日，因為我總覺得過生日是一個我的朋友都好開心，但我只會醉醺醺的日子。

但生命總是會自己尋找出路，我這樣一個沒有夢想的人，竟然遇到了一個人生以玩樂為最高指導原則的滾妹，而且，她的玩樂是沒有在開玩笑的，是很 HARDCORE 的那種玩樂。她 20 幾歲的時候，窮得連滷肉飯都吃不起，卻硬要存錢，只是為了去英國看場下著大雨的 Reading Festival；她可以為了一個生日，租了台 20 人小巴士，半夜兩點多把一群已經喝的不

知道東南西北的人直接從台北的安和路載到墾丁白沙灣；她可以為了要去紐西蘭的米佛峽灣，轉機三趟，一個弱女子搬著二三十公斤的行李，搞得我一天開三百多公里的車，連開五天，每天睡在露營車上，然後看著米佛峽灣躺在石頭上睡覺的海獅，說：「好可愛，我以後還要來」。

當然，這樣的女朋友交往的時候總是異常的有趣，但當老婆的話，我常常是開心之餘夾雜著些許無奈。

好吧！！如果這真的是她的夢想，就成全她吧！！反正我也沒有什麼夢想，如果可以幫自己的另一半完成她的夢想，會不會後半輩子比較好過，至少吵架的時候，可以拿這件事來堵她。

我是用這個理由，支撐自己想盡各種方法，來完成這個奇怪的夢想。

雖然到現在為止，我常常看著眼前的這個任性的女人，心中還是不免懷疑，當初她怎麼可以這麼樣大言不慚的提出這種要求。

就這樣，一個月很快就過了。我們歷經了開心、疲憊、爭吵、想家，度過了這神奇的一個月。回來之後，很多人問我好不好玩，我總是回答，花錢哪有不好玩的，雖然我的心中偶而還是充滿了感謝。（真的只有偶而）

要不是你這麼任性，我這輩子，應該是絕對不會有這種經驗吧！

最後，還是要跟所有的男性朋友們誠摯地說聲對不起，我真的沒有要害大家被老婆嗆說：「你看看，人家蜜月就是要一個月啊！％＄＠！＄︿＆＊？（女人的抱怨話語在此以符號省略）

這真的不是我的原意，家家有本難念的經嘛！

如果出版社願意，我會請他們在每一頁的旁邊附註一行小字「純屬個人行為，以及許多內容都是女生自己心中的幻想，請勿拿來罵老公、嗆男友，謝謝大家！！」

── 知名電視節目製作人　湯宗霖（大個兒）

推薦序

認識小米多年，一直知道她聰明伶俐、漂亮、懂時尚、善良又講義氣，卻直到這兩年她開始寫愛情散文，才發覺她原來還有一隻好筆。這本《不玩會死》，承襲前作風格，敘事生動，文字清淡卻有味，而且，依然那麼真誠。

── 人文旅遊作家　韓良憶

推薦序

我討厭路嘉怡 他讓我最得力的員工向我請一個月的假
我討厭路嘉怡 他竟然沒有阻止我最疼愛的老弟離開公司
我討厭路嘉怡 他教會太多女生看透男生的破綻與脆弱
我討厭路嘉怡 他怎麼可以發行第一本書就賣得比我好
我討厭路嘉怡 這麼任性做自己卻還有一堆知心朋友
我討厭路嘉怡 可以不在乎青春流逝卻又與裝可愛沒有違和感
我討厭路嘉怡 公然教唆所有努力工作的小朋友渡蜜月就要一個月

但

我還是喜歡路嘉怡的其他
喜歡他的才華
喜歡他的細膩
喜歡他面對世界的勇敢
還有他給我小老弟滿滿的愛與人生

最後，我希望他的老公，也就是被路嘉怡教唆請假一個月再也不回來公司，而自己當創業的湯老闆底下的員工們，請他們記得蜜月要一個月、沉澱要一個月、陪家人要一個月、療情傷要一個月，誰規定只有結婚的人才能請一個月的假，我相信以小老弟過來人的經驗，他一定會接受你們的假單的。

—— 知名電視節目製作人 詹仁雄

如果一輩子只有一次長途旅行的機會

這不是沒有可能，如果一輩子只有一次長途旅行的機會，就我而言。

我真的超弱的，紙老虎、弱雞、假獨立、拖油瓶，隨便你怎麼說我，但我就是沒辦法一個人長途旅行。即便早就把旅行這件事設定為人生最重要的目標，我也只能呆呆的雙腳踩在原地踏步，等待在膝蓋韌帶磨損、骨質疏鬆、甚或年華老去之前，有人牽著我的手一起往天涯海角出發。

什麼一個人的旅行啊，什麼說走就走啊，不過是鼓舞人心的勵志片用語，或是在大眾期待下所營造出來的堅韌樂觀，至少，我必須承認，我根本做不到。

想到一個人拖著沉重的行李箱，在喧鬧的機場，與一群一群準備出遊的歡樂人群、或是雙雙對對的甜蜜情侶擦身而過，我的心臟就開始隱隱作痛。然後再強裝著笑容，邁著獨立女

性的自信步伐，就算飛到了心中夢想已久的國度，那些目不暇給的景色風光、歷史建築、可愛又陌生的臉孔，像旅遊雜誌一頁頁翻過的驚艷美景，也不過是提醒了我硬生生的、從骨子裡散發出來的寂寥氣氛。那種沒人分享的快樂，真的是我玩不起的嚮往。更別說想像要一手握著方向盤、一手拿著地圖，奔馳在未知的高速道路，搞不清楚東南西北也就算了，要是遇上個不友善的回應或是不安全的環境，那樣的叫天天不應、叫地地不靈的窘況，絕非本意所追求的不羈豁達啊。

所以算了吧，就承認自己是個先天性別、體格、個性上，都不適合一個人旅行的弱雞，這也沒什麼大不了。因為總會有一天，你會找到那個人，也許是另一半，也許是好姊妹，他／她會陪著你，完成那個一輩子也許只有一次的長途旅行，然後在好多好多年後，你們想起那次的旅遊壯舉，會幸福的相視而笑，讓美好的回憶陪伴在人生繼續不斷往前行的道路上。

在我這樣的年紀，說真的也老大不小，想到「一輩子只有一次」這樣的概念，其實是還蠻合理的。既然不愛會死，就必須跟相愛的人一起走，而正直人生壯年的我們，打拼事業看來是社會價值觀所賦予我們、拿也拿不掉的責任，提到一個月的旅行，所有人都會說你太瘋狂、太任性。接著，共組家庭之後，也許要開始準備孕育下一代，不論是挺著個大肚子，或是孩子呱呱落地之後，那為人父母的甜蜜負荷，在新生命茁壯之前，夢想都會變得異常遙遠。然後怎麼辦，也許當有

一天各方條件允許我們可以這麼做了，我們卻老了、病了，或是玩不動了，那該怎麼辦。

以前的我，老是杞人憂天地想著這個問題，想破了頭，也只是徒增煩惱。

直到。

「那就來個一個月的蜜月旅行吧！」我心懷鬼胎的獨自盤算著。

當然，在提出這樣的要求之前，我不斷在心中沙盤推演，想盡了各式各樣聽來冠冕堂皇的理由，整理之後如下：

1. 蜜月 Honeymoon，顧名思義，就是甜蜜的一個月，或是說，跟你最親愛的人度過一個完整月亮從盈到缺再回盈的假期，連維基百科都有這樣的解釋，不信你去查。

2. 先成家而後立業，而後傳宗接代。蜜月是執行這個夢想的最好時光，之後也許我們都要忙於工作，甚至開始計劃生一個小寶寶，可能短期之內都沒有機會長途旅行了，你至少讓我在懷胎十月的時間裡，可以看著那些我們拍的美麗照片，神遊著世界美好（這聽起來很像用騙的我知道）。

3. 那就不要送我鑽石戒指了，我老是覺得，以我們的經濟能力，去買顆不知道可以做啥用的鑽石，真的有點自不量力也很荒謬，那樣的開心不過是當下一陣閃亮亮，之後就得緊張兮兮地把它鎖在保險箱，搞不好做夢還夢到喝醉把手上的鑽戒不小心一甩就甩了出去，全場的人趴在地上用放大鏡幫我找著。那就不如把買鑽戒的錢省下來，當作蜜月旅行的基金，畢竟旅行的回憶誰也偷不走，把甜蜜深刻的印在腦海中，才是真正的一輩子回憶。至於鑽戒，若是你真的哪天賺了大錢，再送我一顆宇宙無敵霹靂大的鑽戒，我也不會介意。

以為這些理由好像起了作用，男人終究請辭了他生涯的第一份、長達十年的工作，百般不捨卻也對很看重他的老闆說了一句感人而堅定的話，「她是我老婆，老婆只有一個，我要完成她的夢想」。

我們就這麼朝著夢想出發了，後來才發現，其實根本不是因為我那些理由多麼有說服力、多麼偉大，自以為的小聰明在他寬容的愛面前，顯得多麼愚蠢。因為這一切，說穿了，其實都是因為愛。

他說，「如果一輩子只有一次愛的機會，我不會後悔牽上了你的手。」
我說，「如果一輩子只有一次長途旅行的機會，我們要去哪裡？」

Chapter.1
就出發吧！
讓心更靠近

Chapter.1
就出發吧！
讓心更靠近

Holland
荷蘭

France
法國

Spain
西班牙

簡單的幸福，
飛過大半地球
才知道。

這裡有你堅持的阿姆斯特丹

你堅持的阿姆斯特丹（Amsterdam），我們甜蜜的共識。

在討論旅程開始前，平時好說話的大個兒難得堅持的說，不管你要去哪裡，反正我就是要去阿姆斯特丹。

阿姆斯特丹在於男人的心中，就像是女人一生總是想一訪的巴黎吧。

這樣的印象可能是來自於雜誌裡、朋友口中、電影場景裡，所營造出來的城市風貌，那樣的不羈、狂放，可能還帶著點粉紅色的……唔，誘惑，那樣地深植在幼小少男的心裡，然後隨著年齡增長，不斷發芽、長大，而後茁壯成一棵慾望的大樹。

距離上次我們造訪阿姆斯特丹還不到一年的時間，可惜之前是遇到零下溫度的二月酷寒嚴冬，這城市再美，也經不起冰雪寒風的摧殘，在枯枝乾葉的包圍之下，就算跳起了舞，舞步也不免僵硬勉強。所以這次，我們要與夏末初秋的美麗阿姆斯特丹相遇，在這被運河一圈又

18

簡單的幸福，
飛過大半地球

一圈圍繞的甜甜圈城市裡面，騎著腳踏車越過一座座運河上的可愛小橋，躺在梵谷美術館（Van Gogh Museum）前面大片的草皮上曬著太陽，好好的浪費幾天的生命。

對，在阿姆斯特丹就是要浪費生命啊，而且你可以浪費得，很爽。

當然還有另外一個重要的原因，就是那間我們夢想中的「家」的樣子—溫馨民宿 Brem's Apartment。

第一次來到阿姆斯特丹前，朋友介紹了這間非常可愛的公寓民宿，她說：「你們一定要去住這裡，那會讓你有回家的感覺！」於是半信半疑地，上網訂了這間公寓，還是不免想著，怎麼可能在遙遠的地球另一端，找到回家的感覺呢？

下了飛機，坐上了計程車，在有如迷宮繞來繞去的市區裡面，開朗活潑的司機熟門熟路的、按著地址找到了這間 Brem's Apartment。「你們到了，就是這裡了！」司機咧著嘴無邪的笑著，在這裡，開心就像是俯拾即是、一種與生俱來的權利。

如同所有沿途經過的公寓房子一般，這裡門廊前有著五

階的矮小階梯，小小的白色木頭門，只有一個用髮夾就
可以打開的黃銅喇叭鎖。

打了電話，看到一樓畫廊裡一隻可愛的深棕色長毛獵犬
興奮的衝了出來，衝著我們汪汪汪地吠叫著。我蹲下
來，摸摸牠的頭，「哈囉！你好，你好可愛啊！」我說。
接著，一位滿頭花白蓬鬆亂髮的老先生探了頭出來，
他的樣子讓我直接聯想到一手打造機器娃娃丁小雨的
怪博士，有點瘋狂也有點荒謬。他給了我一個最親切、
像是認識很久的長輩的微笑，讓我幾乎以為他馬上就要
脫口而出的說著，「上次看到你還這麼小耶（用手掌比
到膝蓋的位子），現在長那麼大了」那樣的，熟悉的長
輩感。

"Hi Miranda! Oh I've been expecting you this afternoon. Welcome to
Amsterdam!!"

他自我介紹說他叫做 Uri，是這裡的老闆，伸出了應該
是聖伯納犬等級的厚厚手掌，熱情而大力的歡迎著我
們。

一個轉身，迅雷不及掩耳的，他扛起了我的大號 Rimowa
行李箱往肩上一放，動作熟悉的好像是飽經訓練的搬運

專家，開始往那條又窄又陡、僅容一人通過的木頭階梯
爬去，聽到木頭樓梯發出嘰嘰聲響，我回頭看著我的男
人，早已汗流浹背、氣喘吁吁。

爬上窄小的階梯後，打開了門，完全進入了另一個世
界。

滿室的耀眼陽光透過玻璃窗把整個房子映得閃閃發亮，
我忍不住「哇！」的一聲讚嘆了出來。

我們的公寓約莫有二十坪的大小，格局是如同英文字
母「H」的形狀，兩邊落地的木頭窗戶把對面街景延攬
進入了室內風光，一邊是舒適的客廳，有著一張白色
布面沙發，和一張看似隨性擺放的牛皮單椅配著腳凳，
四處牆面上的畫作、角落的立燈，所有的小細節都說
明了 Uri 身為畫廊老闆的低調好品味。緊臨著客廳是四
人座的小餐桌區，還有一個寬敞明亮的開放式廚房（不
知道從什麼時候開始的，豪華廚房會讓我瞬間超級興奮
起來），廚房配備了中島式的瓦斯爐和工作檯、媲美咖
啡廳的厲害咖啡機、豪華洗碗機、微波爐、不鏽鋼的大
冰箱、專業級的大烤箱，打開廚具櫃裡，整套的高級瓷
器餐具一應俱全。我馬上先開了桌上的那瓶紅酒，啜飲
了一小口，並開始想像著，這幾天，我的辦家家酒遊戲
會多麼地有趣。

至於另外一邊則是臥房區了，挑高的空間斜斜延伸而至屋頂的尖角，左手邊有著一排直上屋頂的落地書櫃，裡面滿滿的書籍想必是老闆多年來的收藏，我把我的小說和旅遊書很不著痕跡的塞在其中，想製造一點「本來就在這環境過日子」的生活感。右手邊則是夾板架起的小閣樓區，那種你必須踏著直直的木梯子，一階一階地、手腳並用爬上去的秘密基地，一張柔軟的雙人床就這樣安靜的成為了閣樓的最佳主角，抬頭可以看到可愛的小氣窗，星星會在夜晚跟你眨眨眼。而閣樓下方則是善用空間成了一個很好的讀書區，古董小書桌，以及一張黑色的手工牛皮圓釘雙人沙發，讓你倚著窗，讀書，或是其實大部分時間拿來，發呆。

我對這一切的喜愛已經無法用任何言語形容了，它就像是，在一個房子裡面，用現代並且可行的方式，集合了我們從小到大的各種綺麗幻想—尖尖的屋頂、公主睡的那種要爬上階梯的床、湯姆歷險記中的小閣樓、可以看星星的天窗、古董的傢俱、發亮的木頭地板、跟人一樣大而且可以外推並坐在窄窄窗台上曬太陽的木頭窗組、一整面的滿滿書櫃，和米其林餐廳大廚的專屬廚房。有了這個房子，我就算整天不出門，也不會有一丁點兒的遺憾。

放上音樂，我們兩個，開始在房間裡跳舞。

這真是回家的感覺，或是說，比回家還像回家的感覺。因為這裡有著在現實世界我們無法達成的幻想，那是每個人心目中完美的家的長相。就這麼幾天，讓我們假裝，這裡是我們的家。

所以大個兒說要來阿姆斯特丹。他一直是一個很戀家的男人，總是說自己生平最大的興趣就是賴在家裡的沙發上，做什麼都好，最好還有我可以乖乖地、不吵不鬧地、在旁邊陪伴著他，當然如果可以下廚煮頓飯，他就開心的飛上天了。

那麼簡單的幸福，卻是飛了大半個地球，才讓我們兩個，出現了少見的、對於甜蜜認知的共識。

煎出完美荷包蛋的小祕訣

以前看別人煎蛋，總覺得好像輕輕鬆鬆就可以煎出漂亮的荷包蛋，直到自己動手做，才發生無數次煎蛋慘劇，整個黑黑焦焦爛爛的荷包蛋，自己看了都嫌。後來趁著去五星級飯店吃早餐的時候，我每次都觀察著飯店廚師煎蛋的過程，偷學了技巧，後來經過了多次的實驗，才找出煎蛋祕訣。

荷包蛋的不同煎法其實有不同的說法，我喜歡的那種單面煎、蛋黃半熟的叫做 "*Sunny Side Up*"，有時大家也會說是「太陽蛋」，很可愛的名字對不？

How to do :

1. 油要夠多，至少在熱鍋之後，把鍋子拿起晃晃可以均勻佈滿平底鍋，要不蛋如果跑到沒有沾到油的鍋面就會黏鍋破碎。如果怕胖的話，可以選用健康的橄欖油或是其它植物油，適當的油脂也是人體每日所需。

2. 油鍋稍熱的時候，就可以把蛋打下去了，在這時候，要維持大火，用鍋鏟快速把蛋的邊邊形狀固定住，不要讓蛋汁四溢，而大火對於荷包蛋的定形是很大的關鍵。

3. 荷包蛋定形之後要立刻轉小火，這樣才不會把蛋煎到焦黑，然後小心的用鍋鏟將荷包蛋和鍋面稍微分離後，再慢慢的煎。

4. 看到蛋白部分顏色漸漸從透明轉白就可以準備起鍋了。

5. 完美的 *Sunny Side Up* 荷包蛋！

為心愛的人
做早餐，
最真實的浪漫。

早安，阿姆斯特丹！

第二天一早起床，滿室馨香，晨光把被窩裡的香味都曬開了出來。昨夜依稀做了一場好夢，整個人醒來的時候，像是躺在棉花雲朵上，軟軟的、飄飄的。當然也可能是時差的關係，可我總喜歡把事情往浪漫的方向想像。

稍微梳洗了一下，我像個孩子要拆聖誕禮物般地，興奮地跑到美麗的廚房，烤土司、煎荷包蛋、煎火腿、拌沙拉、切水果、煮咖啡，最後再倒上一杯冰冰涼涼的白酒，然後仔細地擺上餐具，每一道程序就像 William Blake[1] 的詩歌的每一個韻腳那樣，不一定工整但絕對充滿了浪漫的想像力。

「早安，阿姆斯特丹！早安，我的蜜月第一天！」

以前我的好友老林總是說，他想找到一個可以做早餐給他吃的女生。對，就這麼簡單，做早餐！本來應當的慚愧感在聽到他這麼說之後，我竟然驕傲的屁股翹了起來，因為我早餐真的做得還不錯，或是說，以我們的生

為心愛的人
做早餐

活型態來說，晚餐和中餐總是充滿了各種不確定的因素，只有每天睜開眼的那個早晨，是我倆共享的短暫時光。

我喜歡不急不徐的做一頓豐盛的早餐，不論是做給自己或是心愛的人吃，總覺得早餐蘊含了最單純的愛與感動，像是每個小女生的初戀，那剛從被窩裡爬起來的迷迷糊糊，像極了剛開始談戀愛的懵懵懂懂，傻呼呼地在口裡咀嚼著全新的滋味，胃暖了，心也就開了。這樣總是一次又一次美好的開始，從無到有的過程，讓我非常著迷。

一頓圓滿的早餐，對我而言，是一個儀式，也是一個浪漫的祈求，特別是在阿姆斯特丹，搭配著從窗外斜斜射進的燦爛陽光，還有對面這張全然放鬆的笑臉，「開動吧！」我說，今天一定會是很快樂完美的一天。

---

[1] *William Blake*（1757-1827）英國詩人、畫家，浪漫主義文學代表人物之一。

跟著自己的心，
慢慢走。

騎單車遊阿姆斯特丹

到了這個年紀，要感覺自由並不是一件容易的事情。從小懂事以來，好像都為著什麼而拘束著，父母師長的管教、社會禮俗規範、同儕友情壓力、愛情的互相忍讓……等等，不勝枚舉的束縛總是讓人在不知不覺中好像被掐住了脖子，快要不能呼吸。

幸運的是，在少數某些時刻，我還是可以感受到無拘無束的自由，也許短暫，但至少這麼擁有了。可能是漫步在陌生的異鄉街道，或是酒後微醺的好友暢談，要不就是回到碧藍海水的擁抱，還有一種，那是很容易得到自由感的，騎腳踏車。

應該是三十歲前的某一年吧，我照常騎著我的腳踏車，目的地是哪裡現在已經想不起來，反正就是往前騎著。我很喜歡腳踏車的一個重要原因就是，其實你只要不停地踩著踏板，不論快或慢，迷路或清楚方向，都沒關係，因為你只需要專注地踩著，就算雙腿再痠再累，車輪還是會不停盡責的轉動，而它會執著地帶著你不停的前進，而最終你必定可以到達你想去的地方。

跟著自己的心，
慢慢走

「反正總會到的」，這樣的概念讓我很放心，也很有安全感。我記得那天的天氣非常舒爽，應該是初秋的傍晚吧，還記得我穿著我最愛的那件倫敦買的軍裝夾克、破破的牛仔褲，耳機裡的 iPod 隨機播放傳出了 Kid Loco[2] 的〈Cocaine Diana〉[3]，那是一首中慢版的民謠，一開頭清爽而不刺耳的吉他刷弦聲緩慢而規律的行走著，接著搭配上電子合成的呼呼風聲，跟耳際邊揚起的髮絲好像約定好了一樣的默契，接著他唱著歌，一層一層的不同音色好似堆積木般的漸漸疊了上去，最後而成一座豐滿又壯闊的城堡。我聽著音樂聽到出了神，腳還是下意識地繼續踩著，騎過了大安森林公園旁的步道，由綠轉黃的樹葉從眼前一幕幕掠過，在那一刻，我突然感受到了「自由」。那是一種不需追求就瞬間獲得的自由，好幸福。

就像那種真正得到過救贖的人對於神祇的堅信不移似的，從此，每次一騎上腳踏車，我都可以立刻切換進入自由模式，擁抱這種雲淡風輕也與世無爭的幸福。

---

[2] Kid Loco（1964- ）原名 Jean-Yves Prieur，法國知名電子音樂家、DJ 和製作人。

[3] 〈Cocaine Diana〉一曲收錄在 Kid Loco 於 2001 年發行的《Kill Your Darlings》專輯。

所以這次來到了全世界最適合騎腳踏車的城市，我當然要在阿姆斯特丹騎腳踏車。就像他們說的 "Biking Amsterdam in a Dutch way ！"

阿姆斯特丹的交通其實非常簡單易懂，以火車站為中心點，向外輻射狀的道路，再由一圈又一圈的運河所圍繞。在車站或是一些熱鬧的廣場附近，大多有腳踏車出租店，可租以小時計價或是以天計價的，一天費用約是十歐元上下。幾乎所有的道路都有腳踏車專用道，各建築物附近也有很完善的腳踏車停泊處，腳踏車的路權大於行人、更大於汽車，因此不難想像為何有「全世界最適合騎腳踏車的城市」的美譽。對於不熟悉道路的觀光客來說，騎車探索這個城市真的是很棒的方式，你可以在一次又一次的迷路當中熟悉每一個區域，拐個彎就看到小巷子裡的幽靜風光，特別是沿著運河慢慢地騎著，不容錯過的 Window Shopping，看看每個坐在 Coffee Shop 露天座椅上的迷濛的面孔表情，接著闖進了誰家大門廊前，再拐個彎又是一家家可愛的藝廊書店。總之，騎車帶你進入這城市的小細節，那些平時旅行很容易錯過的生活氣味。

我們倆其實是漫無目的地騎著的，就像我說的，「反正總會到的」。我們從火車站附近出發，憑著直覺亂騎亂

繞著。中午時分，騎到了人潮聚集的水壩廣場，廣場上充斥著零零散散的街頭藝人，當然也有成了參與風景的觀光客們，穿越人群，往附近 Kalverstraat 區域騎著，終於見到城市中讓我感到興奮的購物大街，一些荷蘭當地品牌小店或是 ZARA 之類的大型旗艦店四處林立，把車停好，吃了頓自助式的陽光午餐，逛了逛街，跳上腳踏車，繼續前行。

最後我們落腳在博物館廣場前的大草皮，那片草皮巨大到你根本不會錯過它，一整片的綠油油，就好像是哪個粗魯的藝術家，不小心打翻了一整桶的顏料那樣，飽和而奔放。廣場一側，有著非常醒目的 "I amsterdam" 的巨型英文字母雕塑，就是幾乎每個觀光客來到阿姆斯特丹都不會錯過的、「到此一遊」的最佳取景景點。另一側則矗立著非常現代化的梵谷美術館，這裡是收藏最多梵谷畫作的美術館，對於梵谷也多了許多生平和不同創作時期的介紹。我們把車鎖在廣場一旁，看著陽光正好，我們躺在草皮上，呼吸著泥土芬芳，一不小心就瞇上了眼、打起了盹兒，全身曬得暖暖的，醒來已經是半個小時過後的光景。

總是這樣，我們到了大家口中一定要去的景點，卻因為一片草地或太美的藍色天空而耽擱了正事，卻從不感到

放開心，什麼都不用趕，
阿姆斯特丹慢慢走

遺憾。

這就是阿姆斯特丹，逛了幾天之後，才發現為何每本旅遊書都寫得空洞無味，因為這個城市不是要讓你看著地圖走，書中一切不過是作者為了讓內容稍微生動而增加的聊勝於無。

在阿姆斯特丹，你不能照著書走，也許是運河旁一家小咖啡廳的一塊手工蛋糕，或者是那條博物館旁杳無人煙的小徑，任何一條名不見經傳的街道，可能都藏有你跟這城市的獨特默契。在阿姆斯特丹，你得跟著自己的心，慢慢走。

至於紅燈區，呃，如果深夜真沒別的事好做，就去開開眼界罷了，但別帶什麼太高期望，除非，你對於那些不同膚色髮色，卻同樣抹得俗艷色彩的女孩有著特殊的品味。

愛情，
Just like a
fever。

我想去巴黎|

你相信許願嗎？每年生日吹蠟燭前，我們都會許下三個
願望，前兩個要說出來，第三個保留給自己，但你可曾
仔細想過，那些願望成真了幾個呢？於是我們漸漸長
大，許的願望也會愈來愈實際，雖然不像小時候那樣的
天真爛漫，但實現的機率，好像也愈來愈高了，至少，
不會讓自己落入期待落空的失敗裡面。

突然在 2011 年，我有一種好想去巴黎（Paris）的感覺。
說來奇怪，在那年之前，我其實不像大部分女孩那樣，
對巴黎存在著浪漫幻想。總覺得如果一個大家口中都說
好浪漫的城市，一定很噁心造作。又是反骨作祟我知
道。但我就是不喜歡光說不練的浪漫，那就像看著一個
滿身蕾絲蓬裙的搪瓷女孩，一個轉身開始大挖鼻孔那
樣，對，我就是覺得她一轉身就是會做些不堪入目的事
情，我不相信完美的表象，因為完美的表象總是會導致
難以接受的反差，所以少時的我，算是很抗拒巴黎這件
事情的。

然後不知為何，也許是我成熟了、個性變得柔和了，

也許是我不再剛愎自用，我的心變寬廣了，在 2011 年，我許下了一個願望—我明年想去巴黎，我要去看看別人口中的巴黎，我要去感受我自己眼中的巴黎。

這個願望的力量強大到，我的 2012 年，總共去了三次巴黎。

這包括了，2012 年二月我們每年農曆過年的固定假期我獻給了第一次的巴黎，然後在熱鬧的 St. Honore（聖多諾黑）街上，也是第一次在旅途中被扒手扒去了內含護照和美金的皮夾；2012 年六月因為要去拍法國中部溫泉小鎮 Vichy（薇姿）我經過了巴黎，並且硬是臨時多留了一天。六月份的巴黎好美，藍色的天空閃閃發亮，太陽要到晚上九點多才開始下山，逛了一整天的腳趾雖然痛得發脹，我們坐在聖母院旁的塞納河畔，配著幾瓶黑啤酒，享受著在這魔幻城市的魔幻時光，天空從藍到紅漸紫轉黑，河面上倒映的燈火隨著船隻搖擺閃爍，我想我真的愛上了巴黎；第三次則是我的蜜月的第二站，從阿姆斯特丹坐了三個多小時的火車抵達巴黎，在火車上還是逼著大個兒跟我演出《愛在黎明破曉時》（Before Sunrise）當中茱莉蝶兒和伊森霍克的浪漫橋段，到了巴黎，愛情故事繼續熱烈上演。

巴黎這個城市，怎麼說呢？

也許之前許多朋友口中有不好的巴黎經驗，其實大多來自於「人」。他們說巴黎的人傲慢又自負，讓旅客感覺很不受尊重。於是我用心觀察著巴黎的「人」，的確，服務生不會面帶笑容，上菜時候盤子放了就走，專櫃小姐總是忙著講她那通長達十分鐘、聽來只是在無聊打屁的電話，並比出食指放在嘴唇上叫我安靜等一等，馬路上的行人匆匆，就算不小心擦到了你的肩膀也不會說聲Sorry，再加上滿滿的觀光客、扒手小偷，某個程度上你真的很難喜歡上巴黎的人。

但我其實覺得蠻好的。在這個城市裡，你感覺不到討好或妥協，取而代之的是全面性的自我展現，每一個人，不論他的工作、身份、性別、外表為何，他們都非常的自我主義，關心著自己的生活，按照著自己的節奏，做自己想做的決定，這樣其實還蠻令人欽佩的。不討好並不代表犯了錯，而當你真心想請求協助的時候，他們還是願意幫忙。那就像是，在逛街的時候，我最怕遇到那種亦步亦趨、服務周到的店員，滿臉誠懇笑容，不論你拿起了哪件衣服，他們都有不同的建議台詞，通常這種時候，我會速速放下心中的購買慾望，快步離開，那樣的購物壓力太大了。比較起來，那種打了聲招呼

就徑自忙著自己事情、在你提出疑問後才幫忙的店員，反而是讓我舒服的方式。就是這樣，這就是巴黎人，他們酷酷的，他們每個人都在做自己，不打擾人也不希望被打擾，這種性格我挺喜歡的。

就像我旅居巴黎的好友書邁所說，在第一次世界大戰和第二次世界大戰的時候，歐洲盟國總是恥笑法國軟弱，要不投降要不馬上簽訂和平協議，但對法國人來說，至少法國沒有因為戰爭的洗禮而遭受太多破壞，到現在都還保有美麗的市容、漂亮的古蹟、悠閒的生活，這件事情真的重要太多。

所以，到現在我也還是無法說出，我到底愛上了巴黎哪個特別的點，也許是在巴黎無止盡的走著路、塞納河上的波光粼粼、巴黎鐵塔開始閃耀的那一瞬間、Lafayett（老佛爺百貨）和 Printemps（春天百貨）裡比台灣便宜三到四成的精品、聖母院的莊嚴、露天咖啡座上優雅的法國女人、蒙馬特的悠閒、左岸的人文氣息、羅浮宮的傳奇、松露之家（Masion de la Truffe）的香氣，或是巴黎人極度自我的個性……，不不不，好像都有那麼一點，又不全然如此。

我說巴黎，就是一個你很難具體形容，但是每隔一陣子，就會想要再去的美麗城市。"It's just like a Paris fever."，一不小心就會犯了病。

來去巴黎走走路|

如果說阿姆斯特丹是全世界最適合騎腳踏車的城市，那巴黎，就是全世界最適合走路的城市了。

可能是因為那部《Before Sunrise》（愛在黎明破曉時）、《Before Sunset》（愛在日落巴黎時）、《Before Midnight》（愛在午夜希臘時）的三部曲電影吧，法國女孩茱莉蝶兒和美國男孩伊森霍克，在巴黎發生了美麗的邂逅，也許是比「從此過著幸福快樂的日子…」更值得歌頌流傳的浪漫故事。電影裡，他們一直走著，一直走著，整部片就一直走著，討論著沒有對錯的愛情，偶爾坐下來喝杯咖啡，偶爾跳上了塞納河上的船，偶爾在橋邊爭執著對人生的概念，在公園裡挑逗著天雷勾動地火的曖昧，然後繼續走著。在還沒去過巴黎之前，這電影原來早就已經定義了我腦中的巴黎印象——一直走。

來到巴黎，我發現又多了一個不得不走的理由。因為，巴黎，絕對是身為路痴的我的終極大魔王關卡。

巴黎俯拾即是的浪漫，來自於它是少數把古老街道保留

沒什麼好買的，
有！

得非常完整的城市。綜合了十九世紀拿破崙三世和奧斯曼男爵巴黎大改造的「奧斯曼式」街道設計，還有更多從中古世紀流傳至今的狹小幽暗的石板路，形成了現今既古典又現代的獨特樣貌。

巴黎的每一條街道，幾乎都有它們自己的名字，像每個巴黎人那樣，做自己！所以沒有幾段的分別或是巷弄號碼，只有那種你發不出正確發音的路名和門牌號碼，不論巷弄再小，它們還是會驕傲自負的寫上自己的名字，也許是人名或是歷史事蹟，而且名字可能比那些知名道路還來得更長一串。然後，我查了一下，巴黎總共有6088 條街道，快要昏倒。

再說，巴黎那些驕傲的小街道們，常常在遇到一個建築物後，就會換了另一個名字，或是從後頭拐了一圈彎了進去，有的路是圓形的、半圓的、橢圓的、蛇形的，像香榭麗舍大道那樣筆直寬廣的道路，是此地少見的稀奇文明。對於習慣於棋盤式街道的台北人來說，絕對是之於既有概念的強烈衝擊。

還好我們現在有智慧型手機、Google Map，幸好我有一個天生方向感極強的大個兒在身邊。

即便如此，還是免不了不斷的迷路。

那就走著吧，迷路有迷路的風景，迷路像是生命中未經安排的驚喜，然後發現了柳暗花明又一村。

至少，在巴黎走路是一件好舒服的事情，放眼望去，盡是百年身的故事痕跡，腳下踏著，不規則凹凹凸凸的石板路面，曾經是達達馬蹄的忠實記錄，抬頭看看天空，一片乾脆而不帶雲彩的湛藍，一不小心，就走出了自己有把握的安全範圍，走進了目不暇給的華麗世紀。

當然，首先，要有一雙好走的鞋子，千萬不要被印象中什麼時尚週裡的部落客騙了，以為可以踩著雙美麗高跟鞋，優雅的漫步街頭。他們一定是在離開時尚一級戰區之後，立刻坐在路邊換上夾腳拖鞋，不管，我覺得一定是這樣，至少我一定會這樣。然後，還要有一個可以陪著你一起走的伴。我跟大個兒都愛走路，可以走上一整天都不喊苦，我只要有街逛，他只要有美食可以吃，路就可以不斷往前走。

巴黎聖母院周邊 ╱ 左岸

搭乘地鐵，就可以到達 Notre-dame 站，也就是巴黎聖母院，這裡算是一個大站，跟著人潮走出去，就會見到宏偉的聖母院。

聖母院一直是我很想要來的地方。

小時候，篤信天主教的奶奶總是會在週日帶著我去教堂望彌撒，年幼的我聽不懂台上神父講的道理，總是會不耐煩的在木頭長椅上扭來扭去，但是我卻真心喜歡著教堂的莊嚴神聖，看著聖母瑪麗亞以及所有的聖像、教堂彩色玻璃雕花所透出來彩色的光，讓躁動得到些許溫柔的舒緩。後來，奶奶開始告訴我聖經的故事，教我怎麼用手畫個十字，跟聖母瑪麗亞祈禱。我問：「奶奶，聖母瑪麗亞又不認識我，這樣她會理我嗎？」，奶奶答了：「你是我的孫女啊，而且聖母瑪麗亞很喜歡小朋友，只要你真心跟她說話，她就會幫助你的。」從那天起，只要遇到問題，大至人生未來，小至搞丟了錢包，我都求助於聖母瑪麗亞，甚至到現在，每當飛機起飛前，我還是會莊嚴地畫上十字，感謝祂並請祂看護我的旅程，而祂也一直像是個慈悲的母親般，有求必應的溫暖回應著我。奶奶雖然早已回到天國，但她送我的木刻聖母瑪

麗亞像，直到今天，都一直放在我的床頭，守護著我。

記得 2012 年初第一次來巴黎的時候，我跑到了這個聖母瑪麗亞的家，點了一盞小蠟燭，跪在祂面前，告訴祂：「謝謝祢，讓我遇到了身邊的這個男人，然後我今年終於要結婚了喔，哈哈，請繼續保祐我們大家喔！」對，就像跟朋友聊天的口吻，我終於來到了祂的家，開心的報告我人生階段的大躍進。

所以，這次我回到了聖母院，來跟聖母瑪麗亞打聲招呼，「嗨！聖母瑪麗亞，我又來了，這次我是來渡蜜月喔，謝謝祢給了我一場美好而圓滿的婚禮，接下來，還請多教教我為人妻的祕訣喔！好吧，那就先這樣，祢看起來很忙，人超多的耶這裡，那我下次想到別的，我再祈禱跟祢說囉，祢也要好好保重喔！」

就像探望了久別的好友，發現彼此都過得很好那樣，心裡暖暖的，充滿踏實萬分的安定感。而聖母院外，陽光燦爛得讓人睜不開眼，即便是塞滿了觀光人潮，卻默默在視線中，被大片綠油油草皮的閃耀光芒，輕鬆的掩蓋了過去。

在聖母院周邊，過座橋，可以很快的走到「左岸」一帶，

白天的左岸很悠閒，一家緊臨著一家的露天咖啡座，有的還賣著現做的可麗餅、手工冰淇淋，非常適合散步休憩的一塊區域。

往塞納河畔走去，那兒有大名鼎鼎的「莎士比亞書店」。這家書店有著非常熱血的歷史，從早期開始，這家書店提供英文書籍的販售，漸漸的，也成為了許多當代旅居巴黎的文學家，像是海明威、費茲傑羅、喬伊斯等人的聚會場所。兩代皆來自美國的書店老闆，也會提供一些未成名作家的暫時居所，在二樓的小夾層中，供他們吃住創作，而以在書店打工作為實質交換，雖不豪華卻是每日溫飽，而後成就了許多大名鼎鼎的作家。

前陣子看了第二代老闆的女兒所著的《莎士比亞書店》（*Shakespeare&Company*），書裡面的人物，在這個故事發生地點，好像都推開了那扇老舊木門，一個接著一個，栩栩如生的走了出來。

但是，我更喜歡夜晚的左岸，每家餐廳總是擠得水洩不通，大家興致高昂，舉杯歡慶。鄰近的塞納河畔坐滿了人，有一對對的小情侶，正在探索著美好青春的放肆，或是一群又一群嬉笑打鬧的年輕人，玻璃酒瓶相碰的聲音響徹雲霄。燈火映在河面上的點點倒影，呼應著聖母

院在夜裡打上燈光的神秘魅力，成了一幅發生在眼前的
印象派偉大畫作。

巴黎聖心院 ╱ 蒙馬特

相較於聖母院的雄偉震撼，聖心院（Basilique du Sacré-
Cœur）就像個被捧在手心裡的小女孩，純潔而無瑕。白
色的圓頂式建築，就像是小女孩戴在頭上的可愛小白
帽，閃閃發光。爬上了一段不算短的階梯，中途還得不
停閃躲想兜售紀念品、強迫推銷的黑人（有的時候他們
甚至還會試圖抓你的手），我終於來到座落在山頂的聖
心院面前。我跟大個兒牽著手走進去，挑了張長椅安靜
坐下來，看著廳堂上的聖像發呆。過了不久，大個兒突
然說：「我現在覺得好 Peace 好舒服喔！」我詫異地看
著他，他回了我一個輕柔的微笑，這位一向不喜歡「集
體崇拜行為」的硬漢，不知怎地，突然在此時此地，發
現了內在的平靜，感受到我總是著迷的教堂氛圍。

蒙馬特（Montmartre）整個區域都是上下起伏的小山丘，
我想到天母、舊金山等等同樣是高低起伏的市區狀態，
好像住在這裡的人，總是多了一點點藝術的味道。這裡
確實有許多的畫廊、美術館。我們挑了最感興趣的─達
利美術館（Espace Dali Montmartre）。達利（Dali）真的是

一個大怪人，看他的畫和創作就知道，或說，看著他瘋狂的眼神，還有那對舉世聞名的翹鬍子，不難想像他腦中的世界，一定和普羅大眾的概念有著天差地遠的距離。我喜歡達利，他那些結合夢境與現實的畫作、打破結構而後重組的藝術、纖長卻怪異的雕塑，每一個作品都是自由心證，反射出觀者的內心想法，非常有趣、也都值得細細品味思量。如同他的名言：「我跟瘋子最大的不同點，就是我不是瘋子。」這句話，用在現今是非已難以分辨的世界，也算是一句永恆的真理。

塞納河畔

來巴黎，一定要沿著塞納河畔走走路的。塞納河（Seine）很長，是貫穿了整個巴黎市區的全法第二大河，塞納河區分了巴黎盛名的左岸與右岸。在歐洲早期依水而居的生活型態影響下，沿著河岸，從聖母院所在的西堤島開始，開始了整個浪漫花都的人文歷史生活。

塞納河畔的風景很悠閒也很浪漫，看來生活在這個城市的人，真把這兒當做自己的後花園，不論是朋友的相聚、戀人的約會、家人的野餐，在河畔空地隨處可見。

當我搭著遊河船沿著塞納河前行時，站在甲板上，看到

兩側的人們，熱情的跟船上的人猛搖著手、打著招呼，那樣浮光掠影般的善意散發，是一生只得一次的真心微笑。如今角色互換，我坐在河岸邊，把腳晃呀晃的掛在河堤上，每當有大大小小的船隻駛過，我像大明星在演唱會出場時那樣盪氣迴腸的向船上的人揮舞著雙手，大家報以同等熱烈的回應，那是觀光客彼此在巴黎的小小默契，是擦身而過、但會永遠留在心裡的可愛瞬間。

然後我們牽著手繼續穿過一座又一座的橋，塞納河上有無數知名的橋樑，譬如《新橋之戀》（the Lovers on the Bridge）的新橋（Pont-Neuf）、亞歷山大三世橋（Pont Alexandre III）……等等，每一座橋都承載了好多曾經發生或正在發生的美麗故事。走著走著，抬頭一望，這座橋上面擠滿了拍照人潮，它不就是大名鼎鼎的愛情橋嗎？

愛情橋原名藝術橋（Pont des Arts），就位在聖母院旁的塞納河上。據說浪漫的巴黎人，為了讓塞納河見證自己的愛情，會買上一個鎖頭，在其上寫下兩人的名字，然後把鎖頭鎖在橋上，鑰匙丟進河裡，象徵著愛情裡的永不分離。我老愛湊熱鬧的跑了上去，看著橋上滿滿的鎖頭，寫滿了來自於全世界的戀人的愛情見證。我拼命拿著相機拍照，這一刻很美，無形的愛情好像有了具體

的形影，只是我倆的個性，從不來這一套的，大個兒老是自信滿滿的說，「與其要相信那些美麗的傳說，還不如好好相信你身旁這個人說的話。」他某些時刻要命的務實，總讓我過度浪漫的靈魂得以清醒。

Lafayett／Printemps／Rue Saint Honore 逛街囉！

對於一個酷愛逛街的女人而言，巴黎一定是天堂。在第一次造訪巴黎之前，我縮衣節食的準備了一筆可觀的購物基金，想要毫無後顧之憂的、在巴黎豁出去買個夠。但是我卻失望了。我的失望來自於對巴黎錯誤的想像，跟花俏的東京、潮流的香港、前衛的倫敦、瘋狂的紐約相比，巴黎其實才是真正「低調的奢華」。撇開國際時尚品牌不談，在巴黎四處林立的小店裡，你其實看不到什麼一眼就顯得非常突出誇張的單品，也沒有那種你覺得非買不可的東西。起初我對這點非常詫異，後來一而再、再而三的逛了又逛，才發現了其中隱藏的秘密。巴黎小店裡的東西，其實都非常低調，他們很少穿上五顏六色的燦爛，大部份是黑白灰的低調，但是每一件商品，不論是配件包包或是服裝，都使用了很精緻的材質、合宜的剪裁，製作得非常細膩講究，這樣在小細節上的見微知著，不像是時尚初級班的那種吸睛度百分百的招搖，而是一種歷盡風華、而後反璞歸真的時尚強大

底蘊。但這卻很巴黎，一種由內而外，從穿著者本身舒適自在度而衍伸出來的自信態度，等待有心人發覺的奢華內在。所以我要更正，巴黎，其實是戀物者的天堂，因為你可以花上一整天的時間，仔細逛著每一家帶有強烈風格的小店，透過你的手指輕觸，感受每一件物品的溫柔質感，用你的眼睛細細打量，每一顆釦子、每一段縫線的巧奪天工，深呼吸，讓時尚的氣味在胸口倘佯。時尚在巴黎，不一定要用買的，是要像逛羅浮宮或美術館那樣的，用感受的，然後烙印腦海。

當然，在購物魂的熊熊燃燒下，你還是可以用買的啦。如果要買，最快的方式，就是前進兩大百貨公司Lafayett（因為發音關係大家總暱稱它為老佛爺百貨公司）和 Printemps（春天百貨），把那些你喜歡的法國時尚品牌一網打盡。

對啊，那些夢想中的源自法國的精品品牌─Hermès，Chanel，Celine，Bottega Veneta，Lanvin，Louis Vuitton，Dior，Chloé，Balenciaga 等等，在這兩個大型百貨公司大部份都以非常親切的櫃位跟大家見面，款式想當然爾的比較新也比較多，而價錢（退完 12% 的稅以後）差不多是在台灣買的六到七折。兩家比較起來，我比較喜歡春天百貨，雖然比鄰而座，但可能因為知名度的關係，春天百

貨人潮比較少，逛起來也舒服很多。

那麼如果又想買精品，又想要有點巴黎興況，而非純觀光購物的氣氛，我首推我目前最喜歡的一條購物大道 Rue Saint Honore（聖多諾黑街）。

Rue Saint Honore 位於歌劇院區的附近，其實離兩大百貨公司也是步行可到的距離。這條街不像香榭麗舍大道那樣寬敞現代，頂多是條八米寬的小街，兩側全是中古世紀風情的歷史建築。它很長、四通八達，彎彎曲曲的蔓延在巴黎最時尚的核心。從頭走到尾，不僅有上述所有法國精品的旗艦店，還有一些比較潮流的像是法國貴族羽絨外套的「Moncler」、頂級潮流名品 Select Shop「Collette」、芭蕾娃娃鞋專賣店「Repetto」，也有紅底鞋「Christian Louboutin」的專賣店。

我喜歡在這條街上散步購物的悠閒氣氛，不會聽到觀光客爭先恐後的紛擾聲響，也沒有旅行團的巴士引擎轟隆隆的聚集，就是三兩成群的人們，慢慢的、輕鬆的，進出於每一家店舖的清脆門鈴而已。

我們買了兩個精品包包送給結完婚變成彼此共有的兩個媽媽，大個兒看到我愛不釋手的鵝黃迷你機車包，決定買下來當作我即將到來的生日禮物，我們在 Moncler

試穿了每一件很修飾身形的羽絨外套，在每家店裡滿滿的衣架細縫中玩著捉迷藏。

突然我發現此刻的我變了，我不再需要用瘋狂購物來滿足自己了，「這樣的改變一定代表了什麼？」我不禁這樣想著。

也許是從前有著極度沒有安全感的內在，心裡面好像有著一個很深很深的洞，不知從何而來的洞，總是隨時隨地想要用物質慾望來填滿它，吃也好，買也好，似乎這樣就可以確定自己擁有了更多，但時間一過，那個洞又需要用不斷加倍的物質來滋養，然後就這麼惡性循環著。我轉身，看看身旁的他，結了婚之後，那個洞好像不著痕跡的被填平了，只是這次，也許是滿溢的愛、安全感、全然的支持和接受，補平了心中那個叫做「不滿足」的洞。

想著想著我就笑了，他狐疑的看著我，「是不是又想買什麼了啊？」他問。

「不買了，沒什麼好買的，有你，我就足夠了。」我真心的回了他這句話，他死愛面子的「呿！」了一聲，卻嘴角憋著笑，牽起了我的手，繼續走向巴黎美的像夢一樣的夜色當中。

巴黎是一場流動的盛宴

If you are lucky enough to have lived in Paris as a young man, then wherever you go for the rest of your life, it stays with you, for Paris is a moveable feast —— Ernest Hemingway 1950.

如果你有幸在年輕的時候待過巴黎，那麼不管以後你去到哪裡，它都會永遠跟隨著你，因為巴黎是一場流動的盛宴——海明威 *1950*。

美國作家海明威（Ernest Miller Hemingway）在巴黎度過了他最燦爛也荒唐的時期，小時候看的《老人與海》（*The Old Man and the Sea*），沒人告訴我們其實他是個酒鬼，也是個感情上的多情種。在平行宇宙裡面，也許我們都只是一個對自己束手無策的傢伙，而這場流動的盛宴，一定少不了桌上的那瓶酒。

既然如此，說到巴黎，就不能錯過「酒」這玩意兒。

初到巴黎，滿心好奇，張大了眼睛，到處觀察著這個城市的人的生活方式、走路節奏、說話態度，當然，也包括他們用餐的習慣。畢竟民以食為天，小時候長輩老是

祝

說，「看一個人的吃相，最能夠瞭解他到底是個怎麼樣的人」，而城市的文化，通常也在餐桌上開始發揚光大。

葡萄酒！對，就是葡萄酒，紅的、白的、粉紅的，每個人的桌上都少不了一杯葡萄酒，不論是早餐、中餐、晚餐或宵夜，以酒佐餐或甚至是看似本末倒置的以餐佐酒，餐桌上的主角永遠少不了那杯如同深淺紅寶石般的光芒四射。就像是東方文化中的茶、美國文化中的啤酒或可樂，到了法國，啜飲葡萄酒變成一個如同飲水一般稀鬆平常的習慣。我們入境隨俗的開始在三餐中加入了一杯酒，配海鮮喝白酒，搭紅肉喝紅酒，出太陽的時候喝杯粉紅酒，心情好的時候來杯香檳或是氣泡酒。路邊的露天咖啡座原來不是專給喝咖啡的人，況且巴黎的咖啡也沒像廣告中那樣充滿人文薈萃的滋味。露天咖啡座上，累了歇會兒腳的人喝杯白酒，高談闊論的人的聲量隨著紅酒逐漸上揚。我和大個兒用一杯又一杯的葡萄酒，區分著我們在巴黎的時光，用白酒和紅酒定義白天與黑夜。而最終，我們都好似走進了電影《午夜巴黎》（Midnight in Paris）的派對場景中，左擁費茲傑羅（Francis Scott Key Fitzgerald），右倚畢卡索（Pablo Ruiz Picasso）和他的情人亞德里雅娜（Adriana），成了伍迪艾倫（Woody Allen）掌鏡下的偏執主角。

然後我想起了第一次來到巴黎時的那個畫面，到現在還是無法忘懷的動人畫面。二月的巴黎夜晚，天空飄著晶瑩細雪，我跟大個兒包得老緊、全副武裝的走在巴黎街頭，全身上下凍得直打哆嗦，一點也不優雅浪漫，路上冷冷清清，想著大家也許都窩在家裡的棉被裡取暖吧。途經一家餐廳的露天座椅，看到一位年約六十多歲的老太太，說她是老太太完全是憑著她一頭梳高髮髻的銀白髮色而作出的判斷，其餘的像是她直挺挺的腰桿子、如天鵝般細長白皙的脖子、耳垂上優雅的單顆珍珠耳環、精緻卻不誇張的妝容、描繪細膩的紅唇、一身黑色皮草大衣、黑色絲襪和那雙黑色尖頭的紅底高跟鞋，在她身上成就出了一種法國仕女的經典，而不帶有任何令人不適的違和感。我找了個不會打擾的距離，偷偷觀察著她，她的臉上的確有著歲月的痕跡，但也許是因為極度從容自信的態度，一條條皺紋竟成了她臉上美好的加分題。她一個人，深夜十點半，自在的坐在寒風之中，抽著慢慢燃燒的香菸，面前一杯濃郁的紅酒。

大個兒看著她，自顧自的說了，「哇塞，這個老妹很爽嘛，自己在那邊喝紅酒，還抽香菸，真是太愜意了啊！」

我笑了，這真是大個兒在姊姊界無往不利的必殺技，不

論幾歲的女生，只要是女生，在他的觀念裡面，他一律把她當「妹」，年紀比自己大的是「老妹」，年紀小的就是「妹」，永遠發自內心地用呵護女生的態度來對待所有的「妹」，就是這樣，讓他的姊姊緣總是好到不行。就連對我的媽媽，他也老是說，「她就是一個妹啊，我們當男生的，呼呼她就沒事了！」

在那時，我也忍不住開始想著，也許「這位老妹」在等著她的情人，也許她在懷念著那位曾經露水姻緣的海明威，或者又或者，巴黎的故事總是藏在這樣小小的生活片刻當中，要不，就是融化在酒精的微醺催化裡面。

「既然巴黎是場『流動』的『盛宴』，那我們就去遊塞納河、在行駛中的船上用餐吧！」我突發奇想的這麼提議。一聽到吃的，大個兒的眼睛一如既往的、像貓看到老鼠那樣，馬上發出鑽石般耀眼光芒，「好啊！」不像要他陪我去逛街那樣的三催四請，他爽快的接受了我這非常觀光客的點子。

在巴黎，有很多隸屬於不同公司的觀光遊河輪船，或巨大或輕巧，甚至還有那種只能坐幾個人的私人小快艇，他們推出的配套從單純遊河、像公車那樣一票可自由上下的、到包含午餐晚餐宵夜的都有，遊河時間長度也端

55

看你要在船上進行什麼活動而定，大致是從一小時到三小時不等。

而現在的我，早就不會對進行「觀光客」的行為感到任何羞赧了。我們本來就是觀光客啊，面孔膚色上也寫著「我是觀光客」，雖然還是想要在旅行中營造一種像是當地人那樣的生活感受，卻也不至於矯枉過正的、排斥一些其實還蠻值得一看的人事物。

我們選了一家看起來很現代豪華的郵輪，在日正當中、河面閃耀時，享用中餐。

通常在這樣的餐宴中，他們會有正式服裝的規定，至少男生不能穿短褲拖鞋，女生也最好打扮得體，我們兩個就現有行李當中（你知道要帶一個月的衣物必須有多麼精簡的），挑出了還算得體的服裝，在奧賽美術館（Musée d'Orsay）旁的碼頭，等待大船入港。

跳上了遊輪，發現一切跟真的一樣，我所謂「跟真的一樣」的意思是，他們還煞有介事的從領檯到服務生、琴師、Bartender、主管等等，都穿得筆挺、繫上黑色啾啾，畢恭畢敬的服務態度，講究的餐具擺設、桌椅、動線設計，還有一架平台式的鋼琴。整體上的狀態，已經早就

跳脫船不船的架構了，基本上，它就像是一家米其林星星等級的餐廳，豪華卻細緻。

依著開胃酒、麵包、開胃菜、湯、主菜、甜點、以及咖啡的順序，一道道華美的菜隨著啟航開始慢慢端了上來，船的行進路線從奧賽美術館開始沿著聖日耳曼德佩修道院（Abbaye de Saint-Germain-des-Prés）、西堤島上的聖母院（Cathédrale Notre-Dame de Paris）、羅浮宮（Musée du Louvre）一路航行，填飽肚子、吃完主菜後，我拉著大

巴黎，是一場流動的盛宴

個兒一起跑到甲板上，看著美妙風景以魚兒悠游的速度在眼前緩緩掠過，炎熱的陽光在輕風的吹拂中也變得非常溫柔。我們當然不會模仿那每次都令我翻白眼的「傑克與蘿絲」的鐵達尼戲碼，就靜靜的躺在他的懷裡，任所有美好就這麼流逝，我依然擁有這片寬厚胸膛。

然後我看到了遠方的艾菲爾鐵塔（La Tour Eiffel）。

還記得第一次來到巴黎，我們傻傻的爬上了凱旋門（Arc de triomphe de l'Étoile）上的瞭望台，除了讚嘆十二條以凱旋門為中心放射出去的廣闊道路之外，也看到了似乎近在咫尺的巴黎鐵塔。大個兒說：「鐵塔怎麼那麼近啊，那我們散步過去吧！」於是在巴黎的黃昏中，我們卻體驗到了身處撒哈拉沙漠的海市蜃樓，看得到、走不到的窘境，在一個多小時的健行、雙腳都磨出了水泡後才獲得解脫。

好整以暇的、調整著急促喘氣，心裡其實很想罵髒話的我，站在橋邊凝望著這座得來好不容易的鐵塔，天色漸暗，突然巴黎鐵塔亮起了像 "Twinkle Twinkle Little Star" 那樣閃爍的燈光，我所有的疲勞埋怨，在那一刻完全消失無蹤。「好浪漫啊！」我說，真的好浪漫，巴黎鐵塔果真名不虛傳，它有著精密而複雜的建築結構，比想像中

還要巨大的存在震撼，那散布在其中、一閃一閃的白色燈光，映著鐵塔本身的昏黃光亮，像是黑色天空中的滿天星光，明滅之間帶來了瞬間永恆。

我終於瞭解，這世上如此眾人對巴黎鐵塔的魂縈夢牽了，它的美，令人屏息。

於是船漸漸駛近了鐵塔，我目不轉睛的盯著它看，陽光下的它，不似夜晚的千嬌百媚，比較像個光明磊落的男子漢，而且是帥的那種，差不多是像雷恩葛思林（Ryan Gosling）那樣修長、挺拔又優雅的男人，雙腳岔開開，穩穩地、氣定神閒的，佇立著。

拍了無數張看起來都一樣的照片，可是就停不了按下快門鍵的慾望，雖然知道怎麼拍也拍不出眼前的感動，我還是執著的，不願意離開這片流曳的美麗。直到大個兒提醒我，該回座位上吃甜點囉，我才從塞納河上的畫面當中，把自己抽身而出。

船上的琴師、樂隊和歌者唱和著法國的香頌歌曲，我的腳在桌子下打起了輕快的拍子，甜美而浪漫的氣氛一觸即發，我舉起了紅酒杯，跟大個兒說，「祝我們蜜月快樂！」

巴黎,一个你一旦去过,
就会一直想回来的城市

我的默契，
是愛情裡
珍貴的意外。

夜宿火車，一生一次就夠

不知道是不是受了阿嘉莎・克莉絲蒂（Dame Agatha Mary Clarissa Christie）所著的《東方快車謀殺案》（*Murder on the Orient Express*）小說、或是從小到大看過的多部電影影響，我總覺得，要是有機會搭火車的臥鋪過夜，一定是一件很有趣神秘也很浪漫的事情。

於是，在安排行程的時候，我們的計畫是，從巴黎搭上晚上 8：30 出發的夜車，在火車上過夜，隔天大清早在火車上吃完早餐，然後上午 9：00 就會抵達巴塞隆納（Barcelona）了，聽起來是不是既省了一個晚上的住宿費用、又能讓我的美夢成真了呢，真的是冰雪聰明啊，忍不住想要好好稱讚一下自己。

而根據我倆說定的分工原則，這次的住宿訂房交給我，交通陸海空則全部都是由大個兒負責的。出發巴塞隆納之前，看他一有空就抱著電腦努力研究，這一切看來其實不像訂個台北到台東的火車票那麼容易。首先當然是語言的問題，好不容易找到了有英文界面的 TGV [4] 的網頁，又是一連串的旅遊英語考試，最難的是艙等的選

我們的默契，
是愛情裡

取，每列不同火車對於不同艙等都有不同的名字，英文界面在使用上又會不停跳到西文或法文界面……叭啦叭啦一堆有的沒有的問題。（那繁雜的過程到現在已經記憶模糊。）

反正，在巴黎的最後一晚，再次打開電腦做最後的火車班次確認後，他氣呼呼的嘟著嘴，一臉沮喪。

「怎麼了？」我小心翼翼地問著。

「沒有啦，我發現我好像沒有訂到你想要的那種『有浴室』的艙等耶，就……我以為我有訂到，結果好像是沒有浴室的雙人房而已。」他的表情，如同一隻鬥敗的公雞，垂頭喪氣的，平時呼風喚雨的處理王，竟然在這麼一個小小環節上被擊潰了。

你總是這樣，雖然嘴硬，卻盡心盡力的想要給我，我要的全世界。我任性的一句話，老是被你當真，然後就形成了，一發不可收拾的滿地愛意。

---

[4] *TGV(Train à Grande Vitesse 的簡稱)* 意為高速列車。

「沒關係啦，火車上的車廂就算有浴室，你這麼大隻也塞不進去啊哈哈哈哈！」努力憋住不笑出來，我盡量用很無所謂的語氣，來撫平他戲劇化的挫折感，「反正可以在火車上睡覺就很棒了啊！」

總之，到了最後，我們懷著既忐忑又興奮的心情，搭上了那班可以把我們從巴黎運送到巴塞隆納的火車。

這對來自於美麗海島上的我們來說，是件新奇無比的事情，畢竟，在原有價值觀當中，要去另一個國家一定是要仰賴飛行的，怎麼可能，火車坐一坐就進入了另一個不同語言、人種、文化的國度呢？那是一種劉姥姥進了大觀園般，土包子的大驚小怪，興奮總是掩蓋了所有的不安感受。

上了火車，找到了我們的車廂，列車長在火車開始啟動之後，逐間查房驗票，也順便拿了早餐餐券給我們。我們坐在兩個並排的座位上，盯著車廂內小小的空間，想像著如此「親密」的夜晚，到底會是一種什麼光景。

約莫十點左右，列車長再次來訪，幫我們把小小的座椅往外攤開，上層的儲物櫃也拉平成床，三分鐘的時間，變成了阿兵哥的上下鋪。我自告奮勇的說要睡在上鋪，

事實上是大個兒絕對睡不下上鋪，那幾乎一坐起身就要撞到頭的小空間，但我倒喜歡，這樣被小小空間包圍的安全感，雖不能稱上舒適，卻有一種與自己緊密相處的親暱。

喝了幾杯從巴黎帶上的紅酒之後，我們隔著床板互道了晚安，沒幾秒，下方就傳出總能令我安心的均勻呼吸聲。

我翻開小說，想要尋找些能令我入睡的枯燥情節，卻竟是愈看愈清醒。窗外轟隆隆火車行駛的聲音，開始隨著黑夜的來臨而變得更加清晰，強烈而重複的節奏，好像帶著我走進了一場盛大的銳舞派對，耳朵貼近了音箱，音箱裡頭的聲音愈來愈大、愈來愈大。我試圖閉上眼睛，想像美妙派對場景，人們螢光色系混搭的服裝、隨著舞姿飄揚的寬褲管、白色手套在紫光燈映照下的迷幻動作、那些好久不見的朋友笑臉擁抱。睜開眼，不過是在個彈丸大小的密閉空間，我連翻身都很難，更何況跳舞。被打回現實後又閉上眼，再度回到派對場景。就這麼反反覆覆、來來去去，半夢半醒的過了一夜，只是那耳邊的轟隆隆聲響，從未離開。

再度清醒已經是天明之際。我頂著滿臉沒睡好的浮腫倦

容，簡單梳洗一下，便拉著大個兒一起去吃早餐。

在火車上，吃早餐倒是一個比睡覺好玩的事情。所有的服務生，打扮得有模有樣的，白襯衫、黑褲子還有領帶，彷彿就是走進了一家挺不錯的餐廳，餐車裡的客人看起來也都很符合這樣的場景，大家似乎都準備好了要開始全新美好的一天，有禮又從容的享用著盤中盛裝的美味早餐，穿插著偶有的清脆刀叉與瓷盤碰觸的聲音，提醒了我們這可不是插科打諢的免洗餐具就可解決的草率便餐。

吃飽之後，過了不久，火車終於到站。巴塞隆納，Buenos dias（早安）！

揉著眼睛，迎向西班牙的燦爛陽光，拖著沉重行李，大個兒摸摸鼻子跟我說：「我覺得啊，睡火車還蠻有趣的，但……」
我接著說：「這輩子一次就夠了！」

語畢，我倆相視大笑，這樣的默契，是我們愛情裡面最珍貴的意外。

你當小聰明，
我當
藍色小美人。

走進大人的童話世界探險─巴塞隆納

其實，會來西班牙，真沒什麼特別原因，就是大個兒說想來看看，問他，他也答不出個所以然來。我們既不是偉大建築的崇拜者，也不是正宗足球迷，看足球賽時，最吸引我的，還是球員們那發達健美的臀大肌而已。講到西班牙，第一個出現腦海的，還是阿莫多瓦（Pedro Almodóvar Caballero）色彩濃厚豔麗的電影，還有人們口中的偉大建築師─高第（Antoni Gaudi）。

不管了，反正旅行嘛，我們總會看到我們眼中的新奇世界。

下了火車，先往網路上預訂的 Hotel ─ Condes de Barcelona 前進。

到了 Hotel，我真的想為自己拍拍手，我真的是一個旅遊規劃的天才！雖然對巴塞隆納毫無概念，光憑著網路上旅客的評論和建議，我竟然訂到了座落在巴塞隆納最熱鬧的大街──蘭布拉大道（La Rambla）、甚至就在大名鼎鼎的「米拉之家（Casa Milà）」對面的旅館。

你當小聰明，
我當

誰說長大了，就不能繼續做夢？
— 巴塞隆納

大個兒給了我一個溫柔主管級的肯定微笑，他說：「很好！這飯店地點超酷的！」

這是一家四星級的旅館，精緻現代也挺舒適，我特別喜歡我們房間的小小陽台，陽台鋪上了我想像中西班牙應該要出現的花色瓷磚，顏色就是那種，濃郁的大地色系，自以為融合在大地之中卻因為強烈色差而更顯眼的顏色。

我急忙換上了花花的拼布洋裝，想要跟著穿上這個城市的色彩，女孩的小心思，只有自己懂的滿足，大個兒學我翻了個畫虎不成反類犬的傻氣白眼。

前一夜沒睡好的疲倦被這城市一掃而空了，它充滿能量，它躁動著，它招著手要你一刻不得閒地去探索，我開始興奮了。

於是，我倆依循著最土氣也最實際的方式，買了兩日通行的雙層巴士票。我不得不說，搭乘雙層觀光巴士是認識一個未知城市的最好方式，尤其針對於我們這種沒做什麼功課的隨性旅客來說。巴士循環繞行著這城市所有值得一看的大小景點，個人專屬耳機裡有各種語言（當然也有中文）介紹著沿路所有古蹟名勝和故事來歷，想

下車就隨意跳下去逛，然後，再搭下一班巴士繼續往下走。

花了一兩個小時，我們繞了巴塞隆納一整圈，沿途不斷討論著明日的觀光計劃。這城市，有太多故事，時間一定不夠用，出現最多次的字眼果然就是「高第」，我們看著一棟棟高第建築從眼前掠過，不可置信的童話外型，卻活生生地成為永恆經典，這個世界的標準不存在於小小象牙塔裡面的價值觀，任何傳統觀念都可以輕鬆被打破。我要化身藍色小精靈，穿梭在圓弧滿佈的薑餅屋群中嬉戲，就這麼決定了，你當小聰明，我要當藍色小美人。

這個城市，讓我回到無邪童年，那種「什麼都不管」的極度幻想放肆著，我開始喜歡這樣的自己，這樣的氣氛，這個城市。

兩小無猜的日子，
我想
一輩子停留。

謝謝高第

大個兒用《藍色小精靈》（The Smurfs）的曲哼出了一首自創的詞，我們走在巴塞隆納的街道上，手牽著手，像幼稚園時期初邁大門遠足那樣的搖晃著。

我們去了米拉之家，遠遠的，你就會被它一層一層白色波浪的外觀吸引，有些人覺得它像海浪的滔滔白花，但我覺得它根本就是一塊紅葉[5]的鮮奶油蛋糕，從小只有生日專屬的快樂符號，好像一不注意，你就會張口咬了下去的那樣，軟嫩滑膩，快溢出來的甜味讓整條街道成了巨型的老奶奶烘焙坊，香香的，充滿手作糕點的溫暖氣味。

接著是近在咫尺的蒙特婁之家（Casa del Montero）。同樣不斷的驚喜可愛隨處可見，從外觀上看到一個個像是卡通骷顱頭的陽台咧開了大嘴哈哈笑著，盤踞在屋頂的彩色蜥蜴驕傲昂揚，卻又帶著戲謔的幽默表情。我想像著究竟是什麼樣的人，可以在這樣的房子裡過著正常的生活起居、吃喝拉撒睡，還是他們從沒由正常角度思考過生活該有的模樣？如果說，小時候我總幻想著進入手中

你當小聰明，

萬花筒裡面的世界，應該就是這樣子的吧，每個轉頭都是一場綺麗炫目的旅程開始，永不停歇的玄妙探索。

到了這裡，文字敘述早已經變得非常多餘，或是說，我詞窮了，我的視覺感受已經超乎我有能力運用的華麗詞藻。我想到小時候玩的著色遊戲，老師說你的顏色不能畫出框框之外，所以我們很小心很謹慎，最後也只能變成一個得到很高分的畫匠。而高第，他一定會畫出框框之外，甚至篡改框框的形狀，老師可能給他很低的分數，如果是沒有慧根的（我是說老師），但那擋不住的創造力，是這世界上人們的驚嘆，甚至直接跨越了時空。

而整個巴塞隆納，就是高第的遊樂場，我們來到了奎爾公園（Parc Güell）。

奎爾公園超誇張的，我是說，他整體的線條呈現已經超越了所謂的想像中的定義，盤踞在山頭的馬賽克蜥蜴，俏皮卻透露出成熟，圓弧形的線條包覆了整個園區，我

[5] 紅葉蛋糕創立於民國 55 年，為台北地區老字號的鮮奶油蛋糕店，至今仍深受歡迎。

從這頭滑到那頭，像溜滑梯那樣，咕溜咕溜地，大個兒追著我跑，「來玩捉迷藏啊！」我情不自禁地提出幼稚請求，他依舊追著我跑，像談著戀愛那樣，享受著兩小無猜，這樣的日子我想一輩子停留。

而奎爾公園的周邊又是另一番精彩，位處小山丘，上上下下的地形造就了周邊很有氣氛的小店林立，餐廳啦咖啡廳啦畫廊啦精品店啦，這一切的熱鬧把上下山的路途變得輕鬆自在，也是從童話回到現實的轉換路徑。雖然現實有時真的難以面對，但是我們該慶幸擁有夢想的自由權利。

而高第作品當中，最令人津津樂道的無非是那座，「永遠蓋不完的聖家堂（La Sagrada Familia）」。高第就是在興建聖家堂的時期，某天結束工作返家的途中，被電車輾過而過世，遺留了這座永遠讓世人驚嘆、遺憾，雖然後來不斷有傑出建築師接手建造，卻還是命運多舛，成為大家口中永遠蓋不完的偉大建築。

旅行了些許世界美麗的地方，說真的，我從來沒那麼不稱頭過。在車子停靠聖家堂之前，映入眼簾的是八根高聳入天的尖塔，被層層鷹架環繞著，一種被束縛住的野獸看似奮力掙扎。我驚訝的差點尖叫，那是充滿生命力

的強烈震撼，我真的愣住了、傻眼了，甚至想流眼淚了，莫名的，為一棟建築而感動了。那就像是年幼的孩子第一次看到聖誕老公公站在面前時的，真實的激動，然後長大了才會瞭解那樣的感動，其實是來自於純粹。

很多人說聖家堂是上帝的建築，而高第在建築聖家堂時也曾經說過：「直線是屬於人類的，而曲線是歸於上帝的。」所以聖家堂的整體設計上，完全是以大自然的元素，例如洞穴、山脈、花草、動物作為靈感，你看不到任何筆直俐落的線條，取而代之的是以螺旋、圓錐、拋物線、雙曲線所營造出來、充滿律動的神聖建築。對，它律動著，由遠至近走向聖家堂，我發現它跳著舞，隨著風搖曳，迎著陽光擺動，有時候你會覺得它正憤怒張狂，換個角度又覺得它好平靜好溫和，像個女人也像個男人，像個不羈的野獸又像位知書達理的學者。就這樣，我們繞著它走著逛著，看著它凹凸不平滄桑的臉孔，超過百年歲月承載的故事，不需傳頌，只需要你站在它面前，感受。

一整天的高第建築之旅，我只想說，謝謝你高第，雖然還是得承認跟你不熟，但在某個層面上，謝謝你解救了困在現實世界中人們的狹隘視野，讓我們讀出了從建築而傳達出來的美麗詩篇。

Chapter.2

隨便亂走，
我們的浪漫

South
of
France

南法

我好愛
車子裡的親暱。

就朝著浪漫出發吧！

離開巴塞隆納的那天，我們租了在歐洲的第一台車。

我好喜歡在旅行的時候自己開著車到處亂晃，應該是從小到大受到無數公路電影的影響，像是《險路勿近》（No Country for Old Men）、《成名在望》（Almost Famous）、《小太陽的願望》（Little Miss Sunshine）等等，每一部都是讓我記憶深刻的最愛。總覺得開著車，好自由，也許會迷路，或者會遇上奇怪的人事物，但不論如何，都是其他交通工具無法達到的驚喜（嚇）。

我喜歡車子奔馳在筆直的高速公路上的快感，或是在黑夜闖進蜿蜒山路的刺激，我著迷於窗外的大片海洋、廣闊森林像幻燈片那樣一張張從眼前閃過的浮光掠影，我總是不可自拔的盯著眼前的天空從湛藍、到橘紅，然後暈染出一片無法收拾的漸層紫色，那樣的魔幻時光每次都幾乎要了我的命。

當然，還有，我迷戀著大個兒在開著車的側臉輪廓線條，「會開車的男人最帥了！」我的女生朋友老是這麼

我好愛

說著，對啊，就是那種專注而堅定的眼神，纖長的手指在方向盤上自在的滑動著，換檔時候一鼓作氣的跋扈，陽光刺眼時他瞇起了眼，開心時笑出了臉上深深的酒窩，那真的令我沉醉。也只有開車時候，我可以不打擾的、靜靜的研究著他臉上所有的細微表情，然後，獨自在心中沾沾自喜著我的幸福。我總是一手地圖，一手調整著 iPod 的選曲，車裡的小小空間就是我倆的小巨蛋，放到喜歡的歌曲就一起大聲唱和。在漫長的路程中，我們總有玩不完的小遊戲，有時候我教他英文，「*A For Apple, B for Bird, C for Cat, D for Dog……*」像我以前在教安親班小朋友那樣，手舞足蹈地，用最有元氣的聲音，帶著他一遍一遍地複習；有時候他教我唱歌。「你要找尋自己的共鳴點，像這樣……你尾音的氣要拉得長並且平穩……」「*聽……海哭的聲音，這片海未免也太多情，悲泣到天明……*」「不對不對，你看你尾音跑掉了唷，再來一次……」

就這樣，幾百公里的路程就在我們的小宇宙間無止盡的消耗，當我們過了一小時，人間似乎早已過了一整年。

我好愛車子裡的親暱，心貼得好緊好緊的兩人世界。

我們駛離了巴塞隆納市區，開上高速公路，一路努力看

著完全看不懂的路標，只好傻傻地跟隨著 GPS 的指示往未知前進著。在跨越西法邊境時，還遇上了不會說英文的帥哥警察臨檢。通常駕駛租賃車輛被臨檢的機率的確是頗高的，警察煞有介事的荷槍實彈圍著你的車子，遞上了駕照行照租車證明的同時，心裡還是非常緊張恐懼（網路上那些關於在歐洲遇上假扮警察、實際打劫的案例故事在這時全部從記憶體中跳了出來），還好經過三、五分鐘的檢查之後，帥哥警察把證件原封不動歸還，還加贈陽光般的笑容，「Bon Voyage！（旅途愉快）」他說了唯一一句我們聽得懂的話，是的，我們到南法了！

南法的第一站，我們要去旅遊達人「工頭堅」強烈建議的美麗古堡城市—卡爾卡頌（Carcassonne）。

帥哥警察的笑容，噢我心已融化♡

一天限定的
公主夢。

走進中古世紀的卡爾卡頌

從有記憶以來,我不曾懷抱過公主夢,那種夢幻、蕾絲、蓬裙、城堡、騎士等等屬於小女孩的夢幻,一直是我避之唯恐不及的夢魘。也許要感謝父母的獨特品味,翻開兒時相冊,絕對沒有我們被打扮成公主樣貌的紀錄,當然如果未來我有了自己的女兒的話,我也不希望她(們)對粉紅色有過度不必要的偏好。

我不想當白雪公主,也不想有壞皇后的媽媽,如果要選,我想要成為小泰山,在森林裡面,跟動物們一生快樂相伴。

但是小泰山偶爾闖進公主的城堡開開洋葷,其實也挺有趣的,這就是我到達卡爾卡頌的第一個感覺。

沿著路標和導航的指示,我們終於看到了遠處那一座巨大的城堡。這座城堡,不是遊樂園中會出現的、那種用現代鋼筋水泥塗漆可以雕塑出來(甚至還掛著什麼奇怪卡通人物臉孔)的城堡。那座城堡,是一塊塊巨型石頭所堆砌出來的建築,宏偉到隔著好幾個山頭就發現了

一天限定的
公主夢

它。它的外形就跟卡通裡面所描繪的城堡長得一模一樣，有寬廣的護城河、城門（城門雞蛋糕）、囚禁公主的尖塔、像樂高積木一樣鋸齒狀的城牆，只是這真的不是卡通，它是真的，真的城堡！

我們的車子在城堡周邊繞了好幾圈，周邊的山路崎嶇狹窄、非常難行，附近有好多好多各種星級的旅館飯店，但怎麼找，就是找不到我們訂好的那家，明明 GPS 上顯示已經到達目的地，卻遍尋不著。於是我們停了車，在附近的一塊正在翻修的農地看到了兩個正在揮汗工作的大鬍子先生，就下車詢問。果不其然的，我們花了十幾分鐘雞同鴨講，他們說著咕嚕咕嚕的法文，我們又急又好笑的用英文不斷重複著飯店的名字，他們又從屋裡叫出了幾個朋友來一起討論，指著我們鼻子又是一陣嘰哩咕嚕，後來終於擠出他們唯一會講的英文，搔搔頭、攤開雙手 "Sorry，sorry……" 我倆雖然很感謝他們想要盡力幫忙的熱心，鄉村真的好有人情味，各地都是一樣，但眼見天色漸暗，到底我們的 Hotel 在哪裡，該不會今晚落得在城堡露宿街頭還要賣火柴的命運吧。

繼續在城堡附近兜著圈，這次來問問管理城堡外停車場的管理員好了，他拿著我們給他看的飯店訂房文件研究了好久，開口也是 "No no no no……"，而正當我們感

覺不論實質上或是心理上都四處碰壁的時候，他突然舉起手中電話，大聲呼喊我們 "Wait ！"

說實在還真不知道他要我們 Wait 什麼，但反正都瞎晃了那麼久，就看看吧。

約莫十分鐘之後，一位穿著正式飯店制服的人開著迎賓車過來，檢查了我們的文件後，帶領著我們把車開到專屬的停車場（天哪，終於看見跟我們訂的飯店一樣的 Logo 了），之後要我們坐上他的車，前往飯店登記入住。

這時滿腦子疑惑的我們不禁想著，我們已經把這個區域繞到快要會背了，飯店你到底藏在哪兒呀？

登！登！登！登！答案終於揭曉！原來我們的飯店，不是在城堡的外圍，它！在城堡裡面！當我們坐著車，穿過長長排隊的擁擠人龍，從城門（城門雞蛋糕）剛剛好容納一台車子通過的門檻駛入（是的，它就是那種要把兩側鐵鍊放下來，然後才能通過的木頭城門）的時候，所有外面的觀光客都以驚訝的眼神看著我們，那就像是，電影當中，所有人們以仰望的角度看著，出外征戰、榮耀回城的騎士英雄，英姿煥發的駕著威風凜凜的愛駒，的那種，既崇拜又羨慕的眼神，不知為何，

我有一種好虛榮的感覺喔，但同時又對自己的虛榮感到
羞赧而臉紅的尷尬。要撐住場面啊，我對自己說，於是
我擺上了公主的驕傲姿態，貴族暫時附身。

原來這城堡裡面是有道路的，原來這城堡不是個古堡而
是個古城，蜿蜒又起伏的石板道路，曾經是王公貴族、
士兵戰將步履踏過的足跡。而這時，我竟然該死的想到
了《投名狀》的場景，李連杰、劉德華、金城武的兄弟
情誼，老百姓們搶奪著白到發亮的大饅頭的畫面歷歷在
目，可見大個兒每天在家裡看著的、無數次的電影台重
播，竟然如此深刻地刻劃在我的腦海裡，然後在莫名其
妙的時刻，活生生的跳出來攪這本應浪漫的局。我回頭
惡狠狠的瞪了他一眼，他超級無辜的看著我，對於這種
近朱者赤、近墨者黑的影響，我決定不多加解釋，反正
我腦中本是如此瘋癲，他又能奈我何。

車子以城內的緩慢龜速開到了一片小小的廣場，廣場邊
有一棟外牆上爬滿綠色藤蔓的盾形飯店入口，「就是這
兒了！」，飯店服務人員親切地笑了，Hotel de la Cite。

走進裡面，瞳孔調整著戶外刺眼陽光與室內昏黃燈光的
落差，定睛一看，映入眼簾的是歷史，那種堅持保留中
古世紀風貌的古典裝潢風格，雖然充滿歲月痕跡卻依然

貴氣逼人的嫵媚。若以現代美學來看，要比豪華當然比
不過那些精雕細琢的維多利亞建築，但是它多了一份自
在從容的優雅、一種看盡風華的氣度，畢竟它已經默默
佇立在這兒兩千五百多年了，又何須跟小孩兒們計較輸
贏。

我喜歡這兒，我說真的，沒有全面翻新成什麼窮極無聊
的後現代風格，可是卻保存得極其完整細膩，每一片牆
上面的簡單手繪邊框花紋、每一盞燈的一塵不染，磚紅
色花卉的地毯是貴族的象徵，潔白的床單聞得到陽光的
香味。

我坐在可以看到城外生活的窗邊，就像小時候在眷村的
外婆家，我總愛在窗邊，盯著窗外來來去去的爺爺奶奶
們忙碌的背影，或是鄰家小男生們從這家打架打到隔
壁的嬉鬧，隔壁奶奶老是隔著厚厚灰塵的紗窗對我說，
「哎喲，長這麼大了呀！愈來愈漂亮了耶！」我也是看
著她被紗窗磨黑的鼻頭，害羞又想笑的叫聲：「奶奶
好！」那種好相近又好遙遠的距離感，是現代生活早就
蕩然無存的親切熱鬧。

於是，我閉上了眼睛，想要打開心來聽聽，這棟古老建
築要告訴我的故事。

我們被攻陷的真心真意，
放在手心捧著，
好好的收藏。

卡爾卡頌城堡──從未被攻陷過的心臟地帶

夜晚的卡爾卡頌美得像一首詩。尤其是我最迷戀的魔幻時刻，那種太陽已經下山了，天空還保有些許光亮的餘溫，大地天空從橘紅到黃到紫到深藍而最終掉入深遂的黑。全程不過是十幾分鐘的事情，每一秒都充滿美麗色澤變化，像天上的那個誰誰誰打翻了顏料罐，而暈染，不斷蔓延。

而十幾分鐘，也足夠一對蜜月夫妻小小吵了一場嘴。

「你可以不要一直拍照嗎？」餓著肚子的大個兒顯得特別不耐煩。

「再一下下就好了，我再拍一下就好了，真的太美了，現在沒時間跟你解釋，但等會兒這樣的顏色就會不見了！」我還是一心一意專注於相機觀景窗內的小世界，無法自拔。

終於，我們在城區內找到了一家看起來很不錯的餐廳，戶外的用餐區，燈光昏黃慵懶，座位與城牆相倚而坐，

我們被攻陷的真心真意，

陣陣烤牛排的香味混合著紅酒香氣，撲鼻而來。我繼續專心的檢查著剛才拍的照片，懊惱著手又晃了、畫面又模糊了，而天也已經黑了，明天我們就離開了，就這麼一個珍貴的夜晚，怎麼搞砸了。

抬頭一看，桌子另一端的那張撲克臉狠狠地瞪著我，這才發現，原來搞砸的，不只是相片而已。如果不小心處理，說不定還會搞砸我們在中古世紀浪漫城堡的唯一一餐燭光晚餐。

大個兒說，「你每次一拍照就沒完沒了，為何沒想過放下相機好好享受真實感動」。他說，「魔幻時刻每天都有，為何你每天到了這個時候還是都要一直拍」。他說，「我肚子很餓，你難道沒發覺嗎？」

抽絲剝繭的，他提出了許多不相干的抱怨不滿，一層又一層的，我們愈來愈接近問題的核心。很多時候都是這樣的，特別是男女爭吵，雙方總是會先怪罪一些有的沒有的問題，不著邊際，但其實也心知肚明，這些跟實際心裡的原因，相去甚遠。然後慢慢的，耐性的，透過冷靜的溝通與聆聽，最後終將會有一個讓人內心大喊"Bingo！"的答案浮出水面，而通常這個答案不難，卻是羞於啟齒的、自尊心的作祟。

我的一個公主夢——
卡爾卡頌城堡

「我想要你把注意力放在我身上啊！在這麼浪漫的地方，我想專心的跟你享受我們的兩人世界啊！」他終於老實的吐出了惹他不高興的原因。

我笑了，連忙送上十幾個對不起和剛才忽略了的擁抱。把他抱在懷中，對自己的漫不經心感到抱歉，好好安慰這個雖然很大個兒卻很細膩的靈魂，用滿腹歉疚來彌補他不小心受傷的傷口。

誰說只有女人心思細膩，我遇過的男人，好情人或好朋友，個個都是易碎的玻璃心。儘管社會禮教總是教導男孩子強壯勇敢，雖然他們的肩膀看來都是如此無堅不摧，但是深入情感關係裡的男人，那顆每天噗通噗通跳著的心臟也還是肉做的啊，而且，比女人還要敏感脆弱。

於是，接下來，我只能使出百倍的浪漫溫柔來收拾面前殘局。隨著食物一道道的端上桌面，紅酒一口口送進嘴中，大個兒終於笑顏逐開，我也放下了充滿罪惡感的擔心，襯著迷濛夜色，回到了沒有干擾的兩人世界。

他們說，卡爾卡頌是全歐洲保存最大也最完整的中古世紀城堡，尤其是獨一無二的雙城牆，擁有易守難攻的戰

略地位，因此有「歷史上從來沒有被攻陷過」的驕傲紀錄。

我想著，大個兒的心，從前是不是也是這樣，只是這回，被我這個野丫頭瘋瘋癲癲的闖入了呢？

如果真是如此，那我定要把這份真心，放在手心捧著，好好的收藏。

他總是
摸摸我的頭,
喚醒我的旅途夢遊。

嘉德水道橋─天地間之一粒沙

揮別卡爾卡頌城堡的那天清晨,天空陰陰的。我們沿著城區走走晃晃,深入了城堡內部盤旋的樓梯天井,在城牆制高點俯瞰凝望著,卡爾卡頌舊城區與新城的時光交錯,在透著些微天光的石壁隔間裡,想像著中古世紀的極度奢華與朵朵蕾絲蓬裙底下的深刻寂寞。就算幾百年的時光如同彈指瞬間般的過去了,這空間裡面的寥落卻似乎深深滲入了每一塊石磚壁瓦縫隙,像卡進長長指甲的髒東西,怎麼摳都摳不去的累世記憶,如夢似幻地在現實中偶現蹤跡。

依依不捨的,我們跟卡爾卡頌道別了,提了行李,坐上車,隨著引擎轉動聲響,從童話傳說中,高速運轉回到真實世界。

他們說,在卡爾卡頌往普羅旺斯(Provence)的沿途路上,有個千年古蹟景點,你絕對不能錯過,它叫做嘉德水道橋(Pont du Gard)。

遠看嘉德水道橋,它一個接著一個圓拱形的巨大拱門,

92

他總是
摸摸我的頭

像是天上巨人盤踞手指尖華麗的手指虎，巨人不知為了什麼而怒了，放聲大吼，雙手一舉，倒插入河，而成綿延兩千年、供後人景仰的偉大存在。當然這巨人的故事只是我腦中無聊編織的幻想，這顯然不是來自天上神話的痕跡，這是動用上千人力、費時三五年，才完成的巧奪天工。

嘉德水道橋始建於古羅馬帝國時期，在奧古斯都全盛時候，為了提供尼姆（Nimes）城內所有的澡堂、飲用水、噴泉足夠的供水量，於是在尼姆以北約五十公里的于捷斯（Uzes）修建了一系列水道，將它豐沛的水源送進尼姆城內，而「嘉德水道橋」就是其中一部分高度最高、保存最完善的古蹟遺留。在當時，大部分的水道都是建造在地底之下，利用兩地高低地勢的落差，經過精密計算，在沒有任何現代高科技壓力幫浦系統的協助之下，完成水道順利引水功用，而低於地表的水道行經嘉德河岸，而得其響亮名號。

巨大的嘉德水道橋分成上中下三層，整體由數百塊巨石堆疊而成，令人訝異的是，古人們竟然沒有用任何像是水泥、粘土、鋼釘的黏合材料，依據的完全是精確的力學原理而搭建完成。那就像是現在家家都有的疊疊樂遊戲，我們總是一不小心就摧毀了全部，被罰上了一杯表

面張力的啤酒。可是在這兒，一塊一塊的巨石被精準堆疊成完美對稱形狀，毫無丁點兒可疑誤差，一疊上，挨過了風吹雨打，一疊上，就是兩千年的光景。

每次來到如此宏偉古蹟面前，總讓我說不出話，像是中國的長城，像是南法的嘉德水道橋。我不明白千年之前的土木工藝技術到底是如何辦到的，我也無從得知這裡是不是也出了幾個眼淚流盡的孟姜女，我只能猜測這個西元剛剛開始計算的世紀，人類發達的文明智慧，應該不輸給現今仰賴高科技、動不動就把手機拿起來滑的我們。那是個因時間久遠而未知的年代，我卻感到有些汗顏。

看著身高 185 公分的大個兒，在橋上變成小黑點的身影，我們的渺小在此刻是這麼的真實，在浩瀚天地之間，在時間洪流當中，在水道橋的拱形陰影之下，如同一粒小小沙塵，風輕輕一吹，就隨風四散，那樣的，微不足道。

可我依舊無法像那偉大的哲學家般的，就此悟出了人生的偉大道理，或是像多愁善感的詩人似的，寫出一首美麗的詩。我只踏實的想著，好多好多我們生活中煩惱著的、擔心著的問題和憂慮，其實，也不像我們自以為

的那樣困惑難解，想想畢竟自身這如同沙塵般的存在，何來憂慮之名？

那風一吹，就散了，不是嗎？

大個兒的呼喚聲把我從胡思亂想中叫了回來，他就是知道在什麼時候該怎麼處理我的情緒。其實平常的我已經很有自制力的盡量避免無謂的思考、動腦了，沒什麼特別原因，不過就是年紀漸大，發覺想那麼多也不過是自找麻煩、為賦新詞強說愁罷了，所以久而久之也就習慣把思考模式關閉起來了。但久久一次不由自主陷入沉思的我，不知是缺乏頻繁練習、還是什麼神秘原因導致，我常會像夢遊中人一樣，眼神呆滯但腦中不斷忙碌的自我辯證，動作緩慢神經似乎由末梢開始凍結，雖知道好像這樣也沒什麼意義，不論是對人生或是對自己，卻也老是無法克制的重複這般模式。

只有他才知道我又飛去夢遊了，像對待小女孩那樣的溫柔，輕輕拍拍我的頭，他說：「走了吧，我們往你夢想中的『普羅旺斯』前進吧！」

人個兒
英雄救美。

南法迷路記─前往卡維雍的路

在嘉德水道橋保護區那兒，悠閒的佐著藍天綠地用完午餐之後，我們準備上路。南法，普羅旺斯，山居的歲月，我夢想中閒適的小日子，終於出發！

順利的車程差不多持續了兩個小時左右時間，我們一路看著平坦廣闊的草原像美麗地毯般在面前展開，周遭植物農地風景更迭變換，山間小路迷人幽靜，就這麼純粹的開著車，卻有一種渾身酥麻的美好感受。那很像，小時候去參加的戶外銳舞派對，所有人隨著 DJ 的魔幻之音起舞，把手舉在空中，讓身體自己做主的跟著每一個細微節奏拍子扭動，跳著跳著好像出了神那樣的天人合一，而終，派對即將結束，DJ 放出了很弛緩、很空靈的音樂，我都會找個不起眼的角落坐下，雙手環抱著膝蓋前後晃著，也許是運動過度後的激情使然，身體暖暖的，很美好的感覺。對，而現在，這種美好，我在聞到了普羅旺斯的空氣的當下，身體也有了同樣相等的感應。

於是我們就這樣一路美好著，笑著，跟著音樂大聲唱

大個兒
英雄救美

著，極度放鬆的奔馳在人煙稀少的南法鄉間，直到天色漸暗，目的地卻仍不知在何處的時候，才發現，原來我們迷路了。

在普羅旺斯省最為人熟知的城市非亞維儂（Avignon）莫屬了，至少有喝紅酒的人都有在瓶身上看過這個名字，所以，當初規劃路線的時候，我的南法第一站就鎖定了亞維儂周邊。只是在 tripadvisor 上逛了好久，突然找到了這家名為 Les Bastidons Des Anges 的民宿，一眼就愛上它大片的綠色草皮和溫馨可愛的裝潢設計，查了查地圖，它位於距離亞維儂大約十五分鐘車程的卡維雍（Cavaillon）小鎮，心想反正開車嘛，又有個自稱「方向感小王子」的司機相陪，不怕不擔心，就這麼訂了下去。

於是我們就在亞維儂周邊繞著，循著往卡維雍的標示，很快的來到了卡維雍小鎮。好的，鄉下真的是這樣的，世界各地都一樣，人到了鄉下，路牌門牌早已變成輔助的參考值，到了鄉下，你只能靠嘴問出一條生路。就像好幾年前，我為了幫一個好友主持她光榮返鄉的歸寧宴，來到了雲林縣的水林鄉，她們家聽來是政商關係良好的在地田僑仔，但座落在田與田中間的豪門大院，也是沿路一個人一張嘴地問出來的，「喔，姓陳的喔，啊你再往前 800 公尺那邊左轉再問人嘿！」在問了八個人

之後，才抵達我手中沒用地址的所在地。所以就用問的吧，要不天黑了一定更難找的，我這麼提議了，進入卡維雍就再也沒說過話的 GPS 看似點頭如搗蒜的附和著。

好不容易的，在方圓百里無人出沒的小鎮中，我看到了一家小小的酒吧，下午時分就燈火通明，該不會是小城生活無聊，大家早早就開始大喝狂歡了吧？

我不知哪來的豪邁氣魄，車門一開，帥氣的回頭跟大個兒說，「你就在車上等吧，交給我了！」拿上了有地址的訂房單，我頭也不回的往前走去。

推開厚重木門，裡頭沒有想像中震天嘎響的音樂或嬉鬧聲，房間的四角懸掛著四台電視，播放著熱烈的足球比賽，原來這個時間是在看球啊。在我進門的那一剎那，空氣好像瞬間凝結，十幾張陌生男性面孔像被推倒的骨牌一樣，一張張的緩緩轉了過來，驚訝地盯著我看。他們的表情不算親切，視線從我的臉，整齊劃一的轉移到我穿著熱褲的兩條白花花的大腿上。我仔細評估情勢，他們約莫是三十到五十歲的年紀，有一兩個看起來比較年輕，大約二十出頭吧，大部分都身型粗壯，他們打扮隨性，看起來就是去家裡巷口買雞蛋的造型。對！全場清一色是男的，一個女的都沒有！我又止不住幻想著電

影裡面什麼電鋸殺人狂的場景啦，或是陌生台灣女子被十幾名南法壯漢囚禁凌虐的社會檔案簿，畢竟在這樣不熟悉的小鎮上，神秘的運動酒吧裡，好適合上演小紅帽與大野狼的現代傳奇。

好在平時老娘也是見過了大風大浪，我強壓住內心的恐懼和發抖的雙腿，異常從容的走向吧台，點了一瓶啤酒，灌了一大口下肚。找了一個看來較斯文的年輕人，我終於拿出手上的地址，開口問了路，一開了口就發現，果然，果然不出我所料，果然沒有人聽得懂英文！甚至看也看不懂。於是，他們所有人開始向我靠攏，七手八腳的想要過來幫忙，也有幾個看來不懷好意的在一旁湊著熱鬧，總之，後來，我成了這十幾個壯漢圍成的圈圈中的圓心，如來佛掌中的孫悟空，只能比手劃腳、外帶我最擅長的甜美微笑，一再重複著我的目的。

同時，我心裡想著，這該死的大個兒，你沒發現你美麗動人的新婚妻子已經消失在這扇木門後超過十五分鐘了嗎？人家說搶救人質不是也有黃金 XX 小時嗎，你怎麼還不出現。

說時遲，那時快，大個兒的身影（這時候應該要配上超人出場的音樂）在門口出現了！我以光速奔向他的身

邊，他以犀利的目光掃射全場，讓在場所有男子漢都不禁震懾地往後倒退了一步（好啦我承認這是我自己的幻想啦）。大個兒真是聰明伶俐，他把車上會說法文的GPS 拔了下來，請他們幫我們輸入衛星導航的經緯度，花了不到五分鐘的時間，一切搞定。酒吧裡的老法笑了，我們也終於笑了，我請了他們幾瓶啤酒，揮揮手開心說再見。

跟隨著再度復活的衛星導航，沿途繼續問了幾戶人家，我們終於到了我們可愛的民宿。

打開大門，發現這一切的尋尋覓覓都真正值得了！

民宿女主人與她可愛的Baby

原來開心的時候，
什麼都不需要，就可以一
直笑，好久好久。

已經在這生活了好久好久——
Les Bastidons Des Anges

通過了蜿蜒的車道，找到了被兩棵參天大樹幾乎遮蔽了的入口，小小的門牌就隨性的掛在門上。是的，就是這裡沒錯了，按下了電鈴，男主人領著一個七歲的金髮小男孩蹦蹦跳跳的出來開了門。

男主人大約三十出頭，小男孩一看就是一個天生皮蛋，他們說他們一家人就住在這兒，看來溫婉的老婆抱著一個不滿一歲的小女娃兒，站在屋內對著我們微笑。

進入民宿之後，首先正面迎上的是一片目測超過五十坪的青綠大草原，草原上有著盪鞦韆、溜滑梯等等，那種孩子可以輕鬆玩到汗流浹背的簡單設施。沿著草原，是一座長約十五米的游泳池，池水清澈碧藍，就座落在整個庭院正中央。順著走道邊走著，主人介紹了一棟有著透明落地窗平房內的餐廳、廚房，廚房還有個對外開窗的小吧台，屋內的沙發區全是南法鄉村風格，米黃色系的布織品和木製傢俱在陽光的照射下，點綴上了窗上一條條垂落的藤蔓陰影。走道的盡頭有一個僅容一人通

過的小木門，外頭同樣爬滿了綠色藤蔓，他說 "Miranda, welcome home!"

推開木門，我忍住想尖叫的衝動，「這完全就是我們完美的小天地啊！」內心如同千軍萬馬奔騰的開心著。我一直喜歡與大自然同在，又擁有自己的私密空間，竊聽著外界風吹草動、蟲鳴鳥叫，卻同時可以放肆忘形的在地上滾著賴著。

狹長形的院子，四周茂密攀爬於牆面上的植物勾勒出了小天地裡的浪漫線條，兩張慵懶的躺椅，正好適合每天的午睡時光，一張六角形的餐桌，兩張簡樸的木頭椅子，桌上一瓶冰涼的粉紅酒，搭配著剛剛變成粉色的天空，成了幅溫馨畫面。我好奇的走進屬於我們的屋裡，小巧精緻又剛剛好的空間充滿陽光曬過的香暖，四柱床的臥房、小沙發的小客廳，還有一個有浴缸的可愛浴室。

我愛死這裡了。它不是豪華輝煌，更不是名家設計，它就是充滿了「生活」的感受，每一個民宿裡的小細節—掛毛巾的木桿子、鏤空的雕花壁燈、牆壁的淡淡粉色、餐桌上的編織桌布、植物們的欣欣向榮，都是看似微不足道的小東西，卻在大腦還未察覺之前，早已向你的心

灌輸了此地生活的養分，那麼的豐富踏實。這樣的生活
感受並不是花錢就可以擁有的奢侈，而我們竟然如此幸
運，在踏進民宿的十分鐘之後，輕易獲得了在這兒已經
生活好久好久的美好錯覺。

103

於是我馬上打開了南法盛產的粉紅酒，一人倒了一杯，
配著迷濛向晚的夕陽，大個兒把音樂打開，我們在院子
裡喝著酒，面對面，跳舞。

這時，突然一隻黑白斑點的小梗犬，隨著洋芋片包裝被
拆開的沙沙聲音，鑽進了我們的院子，把下巴放在大個
兒的腿上，眼巴巴的搖著尾巴，討著客人們歡心與食
物。

雖然是在旅途中，我還是不時地被這場景矇騙了，不過
這是場再浪漫不過的騙局，不想醒來。

*我們旅居法國南部鄉村有好幾年了，開了一間可愛民宿，
我繼續寫作或翻譯謀生，葡萄採收季節你會去葡萄園打打
零工，不過大部份時間你都會在民宿中打理偌大的庭園，
每天跟植物說說好聽的話，還有一些簡單的內務整理，我
負責料理一天三餐和葡萄酒的補給就好。喔對，我們還有
一些農地，當初用台灣帶來的積蓄投資的，不過就是分租*

給當地的勤奮農夫了，不用自己太過費心。偶爾有好友從
各地來訪，我們開心的手舞足蹈，把酒言歡，直到天明。
但其實大部份的時間，我們每天日出而作、日落而息，穿
著舒適寬鬆也不用計較時尚流行，我們生了兩個漂亮娃
娃，還有一條黑白斑點的小梗犬，總是在腳邊急呼呼地繞
啊繞的，我們的小日子每天這麼滿足又與世無爭的過著，
直到世界與我們一同老去。

有點微醺了，我開始不停地笑著，像被點了笑穴那樣，
笑到無法克制，笑到肚子痛，笑到在院子的碎石子地上
翻滾。大個兒看我笑得那麼瘋，也被傳染的跟著笑了，
我們倆愈笑愈大聲，愈笑愈不能自己，笑到眼淚都流出
來了，兩個傻子。沒有任何原因，也根本不知何時引爆
的笑點，就笑了。

原來開心的時候，什麼都不需要，就可以一直笑，好久
好久。

一個美好的
旅人之家，才能讓身體和
心靈真正回到了家。

旅人之家— Cavaillon 民宿

一個月的蜜月旅行，看似灑脫，其實也蠻費工夫。我們
已經算非常隨性的安排了，只訂好第一天出發和最後一
天回程的機票，以及頭一個禮拜的各地住宿，其餘的，
包括行程安排、陸海空交通住宿，就隨著旅程中不停轉
換的心情，邊走邊訂。還好現在到哪兒都有方便的網際
網路，倒也不成什麼大問題。

我是很相信感覺的，喔不，應該說，我是完全靠感覺在
生活的。我老覺得，在旅行中，實際的感受往往會跟
預期中的感受有些差別。那些大家口中很迷人的城市，
你未必真正喜歡，行李中打包的好多衣物，可能到了當
地就顯得不合時宜，有些看來無聊荒涼的地方，搞不好
是我們心中的天堂。這一切都說不準的，只有站在那塊
土地上，呼吸著那裡的空氣，仰望著那片天空，才得以
做出正確判斷和決定。

不過，就算再努力追求隨性生活，有些既定的工作卻也
由不得你放任，譬如說，那令人頭痛的—每月雜誌專欄
的固定交稿日。

一個美好的
旅人之家，才能讓身體和

在卡維雍的第二天早上，我收到了台灣同事的通知，
「今天記得要交稿喔！」

剛剛吃了一頓好舒服的早餐，女主人自製的果醬、優
格，搭配全麥雜糧麵包、新鮮果汁，還有一杯咖啡。陽
光透過落地玻璃長長的垂蔓折射，在牆壁上開始隨著風
而翩翩起舞，天空藍得不像話，我屈膝蹲在餐廳一角，
跟坐在學步車裡的小女娃依依啊啊的，聊了好久的天。

回到小天地，看到大個兒早已悠閒地抓了本書，躺在那
兒看著，我打開了從旅行開始至今從未開機的電腦，倒
了杯新的粉紅酒，想像自己是維吉尼亞‧吳爾芙[6]
（Virginia Woolf）（註6請見 P.115）那樣邊寫稿邊啜飲、然
後想事情時會不斷摳著手指邊緣的姿態，開始面對現
實，寫稿！

於是，我寫下了，

*此刻的我，坐在南法 Avignon 附近的 Cavaillon 小鎮的民宿
院子裡，佐著普羅旺斯燦爛陽光，襯著爬滿牆面的綠籐葉
片，當然少不了一杯當地盛產的粉紅葡萄酒，在藍到不能
再藍的天空下，享受著我們總是在說著的，旅行的意義。*

現在時間上午十點半，我在這裡找到家的感覺。

我喜歡民宿，在旅途中，住在民宿裡面，不用急著去參觀書上告訴你的歷史古蹟、觀光名勝，而是好整以暇的，在世界的某個你可能不會再有機會來到的地方，過他們真實在過的生活樣貌，或是至少，過我們想像中他們在過的美好時光。

好幾年前，有個好朋友在花蓮開了個民宿，就在非常寧靜的壽豐鄉。那是一棟從日據時代遺留下來的日式木造老平房，有著很大的草坪院子、一個台灣形狀的池塘、又大又軟的床、總是飄著陽光香味的白色床單和毛巾、走起來會吱吱作響的木頭地板、用當地花崗岩片所砌造出的寬廣浴室，當然還有那個我們度過無數難忘夜晚的、大榕樹下的小小露台，風涼涼的，拂過臉龐髮梢，那是一輩子都不會忘記的浪漫。

我總是一找到空檔就坐火車下去，住個幾天也爽。其實也沒幹嘛，每天在民宿老闆的好品味音樂聲中醒來，吃個讓腸胃很舒服的早餐，抓本小說，就賴在沙發上或是院子裡，懶懶度過一天。心情好的時候，幫忙跪在地上來回擦著地板，看到陳年木頭變得閃閃發亮，那種快樂什麼也無法替代，或是，推著很重很重的老舊除草機，把院子那些無比澎湃的雜草剃個整齊的平頭，滿身大汗之後沖個清涼的澡，也是舒爽。傍晚時分，總是硬拖著老闆到黃昏市場逛逛，買了些魚呀肉啊菜啊，然後回到家裡享用一頓豐盛

的晚餐。還有些時候，在滿天星星的夜晚，我們會在露台上喝喝啤酒，老闆彈著吉他，我們敲著手鼓，大聲的唱歌，從國語流行歌到英文老歌再來幾首台語歌甚至原住民掰歌，好開心好開心，直到視線模糊、喉嚨沙啞，才肯沉沉睡去。

在我悲傷的時候，那裡更是我的避風港。好友老闆總是可以從我踏進民宿的第一個表情，就可以判斷我是來渡假的、還是來避難的。總之，悲傷或快樂，旅人都需要一個不被打擾的家。

在某年的一個名為龍王的颱風，把民宿的屋頂掀了，我們曾經的小小天堂變成殘破不堪的斷垣殘壁，因為沒有巨大的經費可以維修，民宿就這麼歇業了。

現在我在南法，坐在院子裡，想念著那曾經帶給我好多回憶的花蓮民宿。

其實說來荒謬，我們總是要大費周章，甚至長途飛行，來尋找一個沒有干擾的空間，來好好呼吸一下新鮮空氣，讓心情沉澱、身體放鬆。一個好的民宿其實就提供了一個幻想中的自己美好的家，沒有堆積如山要洗的衣物、沒有雜亂不堪的東西要整理，然後你想像中的家的樣子，四柱床、雪白的窗紗、木質的廚房餐桌、厚重斑駁的木門、波希米亞式的掛毯，甚至還有那些你花再多錢都買不到的大

片天空、土地芬芳、綠草如茵，就這麼光著腳丫子，踩在
草地上，簡單卻多麼珍貴。

寫到這兒，突然想起，有一個旅行社的好友老是跟我
說，「小米啊，你知道人生是要『Upgrade』的呀，你不
要再搞什麼背包客的那一套了，每次都上網找什麼偏僻
山邊海邊的民宿之類的，你知道現在像 St. Regis、Banyan
Tree、Four seasons……等等的頂級連鎖飯店，各個城市都
有哇，你就輕輕鬆鬆，什麼都不用管，每天翹著二郎
腿，就有全世界最屌的服務，要什麼有什麼，你別再執
迷不悟了啦！」而我總是笑笑的感謝著他的好意，卻還
是如他所說的，繼續執迷不悟。

其實我很難反駁他，特別是渡假時候，誰不想爽爽的茶
來伸手、飯來張口，平日辛苦工作，還不就是為了可以
在享樂時刻，不為昂貴價錢皺一下眉頭。只是每個人真
正重視的旅行價值不同，總得有些取捨。我也不是故作
清高，那出淤泥而不染的一枝蓮花，我只是，真心喜
愛著民宿。從十年前第一次去了朋友的花蓮民宿開始，
一個像家一樣的旅人之家，便成了在每一趟旅行中，比
觀光景點還重要的安排。

因為我知道，一個美好的旅人之家，才能讓身體和心靈
真正回到了家。

亞維儂的觀光客一日遊

從抵達卡維雍的民宿開始，我們幾乎足不出戶，除了在小鎮上短暫的出外覓食之外，總是急著回家。想想還真夠荒唐的，跑了那麼遠，又搭飛機又坐火車又開車的，竟然在這個南法小鎮，我們成天窩在院子裡喝酒跳舞。

於是打起了精神，決定今天出門走走，身為專業的觀光客，我們要去看看這個普羅旺斯最具盛名的「亞維儂」。

亞維儂是位於隆河（Rhône）左岸的一個充滿藝術文化氣息的城市，古城區的建築也在 1995 年被列入了世界文化遺產。我們開著車來到了這兒，首先就看到了綿延五公里之長的高聳城牆，城牆內即是亞維儂古城區。

跟著人潮走到了時鐘廣場（Place de l'Horloge），滿地的露天咖啡座和餐廳林立，我們挑了家餐廳，填飽肚子，用悠閒散步的方式，慢慢地欣賞這古城之美。

其實亞維儂舊城區不怎麼大，慢慢的走走逛逛，約莫半

古蹟們

天就已足夠。我們從時鐘廣場走到了教皇宮（Palais des Papes），這是西元十四世紀時，因歐洲情勢動亂，前後共有七任教皇遠離了梵蒂岡（Stato della Città del Vaticano）而移居亞維儂的這座教皇宮，也讓此地成為了天主教的聖地。教皇宮看來巨大宏偉而堅固，歷久而彌堅。再往前走，就是聖母院（Cathedrale Notre Dame des Doms）了，金色的聖母像高高站在聖母院頂端的高塔上，俯瞰著整個教皇宮和聖母院的廣場，頗有母儀天下的威嚴，金色也在陽光照耀下閃閃發著耀眼光芒。

「歐洲真的是聖母瑪麗亞的地盤耶！」我開心的想著，對於從小就把聖母瑪麗亞當作心頭上最親暱朋友的我而言，來到歐洲，有種非常親切的感受，好像不論走到哪兒，都受到了溫暖眷顧。順著路再往前走，出現了一個長長的陡坡，我們拔著腿往上爬去，來到了丘陵上的岩石公園（Rocker des Doms）。岩石公園因為丘陵地形的關係，風超級大的，逆著幾乎是颱風等級的強風、爬著不太平緩的山坡，那就像在路上走著走著、突然遇上傾盆大雨那樣的心情，有點好氣又好笑的荒謬。而岩石公園本身，說真的沒什麼好玩的，爬上公園頂端，才看到了來這裡的理由，登高而望遠，可以把隆河風光和聖貝內澤斷橋（Pont St. Benezet）盡收眼底。斷橋很酷，殘缺總是比完整來得充滿想像與故事，傳說是十二世紀的牧

感覺已經在這裡生活了好久好久，
美麗的普羅吐斯

羊人聖貝內澤接收到神的旨意，用盡一生積蓄建造這座橋，期間不斷被洪水沖斷、重建，直到 1688 年的大洪水，把原本有著二十二座橋墩的大橋沖斷，而遺留至今日僅剩四座橋墩的樣貌。它很酷，我的意思是，儘管是一座明眼人都看得出來的斷橋，但它的氣勢和氣派卻絲毫不減，它沒在管的，叉著腰、大腳一跨，就這麼霸氣的跨在隆河中間，用自身強烈的存在，來訴說著歷史景物變遷中，不言而喻的道理。它的強大程度已經到了那種，假使有一天世界滅亡了，不管是聖經中預言的大洪水，或是電影中老愛演的彗星撞地球，它好像還是會不為所動的，繼續踩穩了四座橋墩，而恆遠的屹立不搖。就如同，我們經常自作主張的同情著具體的或是抽象的殘缺，卻忘了殘缺背後隱藏的強韌生命力，恰是我們這種自以為完整的生命個體所缺乏的、而需努力學習的。

逛完了該看該拍照的古蹟名勝，我們在古城區繞了一圈，我喜歡漫步在這樣的街道，隨處的磚瓦都是美好風景，每一個角落都令人流連忘返。走進了路邊一間接著一間的小店，我被花花綠綠的普羅旺斯花布吸引了，像是把春天滿地盛開的香草花瓣穿上身的圍裙、洋裝，也有家裡擺設的桌巾、窗簾、香包，林林總總的滿室馨香。我拍了幾張照片聊表心意，也忍住了買一堆回來「以後一定會覺得這什麼鬼」的紀念品的慾望，還有那

些我總是無法抗拒的香皂、乳液、香氛產品，為了節省行李空間，我竟然空手而回。大個兒為了這件事情非常高興，他摸摸我的頭說，「很好，你長大了，你沒有亂買耶！」果然以鼓勵代替責備的教育方式，放諸四海皆宜，我吐吐舌頭，笑得像隻哈巴小狗。

亞維儂的一日遊，伴隨著在歐洲總是遲到的夕陽而落幕了，我們的「亞洲胃」在經歷了十幾天的旅行後也開始抗議了，回到卡維雍小鎮，找了家看起來不怎麼妙的越南菜館，但終究是喝到了不濃不稠的海鮮清湯，嚐到了辣椒香、炒青菜、白米飯，五臟六腑又得以繼續往之後漫長的旅程，充滿元氣的邁進。

6　維吉尼亞‧吳爾芙 (Virginia Woolf)(1882~1941) 英國女作家，被譽為二十世紀現代主義與女性主義的先鋒。她對英語語言革新良多，以「意識流」的寫作方式，試圖描繪人的內在潛意識。2002 年上映的電影《時時刻刻》(The hours)，即是以她為題材，由尼可‧基嫚飾演。

捨不得

清早起床，依照慣例，隨著耀眼陽光走到了餐廳，用完早餐後傻傻發呆，心裡浮現了「捨不得」這三個字，今天要離開美麗的卡維雍小院子了。跟民宿主人閒聊著，我說我一定會再回來的，她說永遠歡迎你們，黑白花小狗波波好似知道了我們即將離去，不捨的在腳邊窩著不肯起身。

我老是捨不得，在旅行的途中。就像大個兒說我總是不肯回家，其實我不是不想回家，只是捨不得眼前的美好，深怕下次，下次會不會就沒有了。我常在旅行的回程中偷偷落淚，像是在馬爾地夫的水上飛機上大哭，在紐西蘭的露營車上絕望沮喪，我的感性永遠跑得比理性更快更急，也就讓情緒暫時放肆了。我們的行程才走了將近一半，我卻開始想要停留，就在這片藍天綠地，停留，凍結，然後變成永恆。

不止旅行中如此，其實生活上也是這樣，我的假灑脫真

怯懦在這個時候顯露無遺。常常在原地踏著步，不肯
大步前進，表面上總說沒有必要也沒有興趣，心裡卻
知道是對未知的害怕恐懼，以及安於現狀的踏實擁有。
花了好多時間幻想著時間可否停留在這最美好的一刻，
在你愛我我愛你的完美當中，卻浪費了探索也許更加美
麗的未來的勇氣。這是性格上的老毛病了我清楚的很，
倒還是繼續一犯再犯。

那就從這次旅程中開始練習吧，練習放手已經擁有過
的，即便它再迷人，還是要往前走，因為下一站的風
景，是留給有勇氣的人的，生命充滿可能，世界無限寬
廣，走吧走吧，往下一站出發！

找到最舒服的方式，
和自己
自在相處。

艾克斯的單身女子宿舍|

臨別卡維雍之際，我們還順道去了亞維儂小鎮的餐廳吃了頓午餐。這家 Christian Etienne 是米其林一星級的餐廳，據說也是這附近最好的餐廳，雖然對於摘米其林星星這件事情我們沒什麼特別興趣，但來到不熟悉的城鎮，如此的單一標準也至少是好吃的保證，一向愛好美食的大個兒興致勃勃的，我也順道開開眼界。

我喜歡餐廳的外觀，其實一開始就是被它的外觀吸引，而因為訂不到當天晚餐的位子，才好奇上網查了一下，發現它的大有來頭。它的外觀就是一棟石頭牆面，然後爬滿了綠籐葉的建築，對，關鍵詞原來是「爬滿綠籐葉」，從進入南法鄉村風情之後，哪兒都爬滿了綠籐葉，只要爬滿綠籐葉，就讓我滿心歡喜。記得以前有個廣告導演朋友叫做阿關，他是個很有品味也很懂生活的香港人，他在敦化南路精華地段的家，就是一戶爬滿綠籐葉的頂樓建築，那時第一次去了他家的聚會，我對牆上滿滿的綠籐葉深深著迷，直到現在，聽說他早已不住在台北了，經過那個路口，我還是習慣性地抬頭，看看那一片的綠，想著是不是有一天，我也會住進像這樣的

找到最舒服的方式，

房子裡。

走進餐廳裡面，也是完全用石材打造出的室內裝潢，有
點像是防空洞的概念，當然漂亮很多，但質樸誠懇的風
格，的確大得我心。圓弧形狀的門檻，石材上有著手繪
的花兒，舒適的座椅，窗戶引進了戶外的光，彷彿這餐
廳裡的一切，向著門窗外的陽光，也正進行著光合作
用，正在呼吸。想當然爾的米其林水準，不論是服務、
餐點、擺盤、選酒都無從挑剔，我們享用了非常放鬆的
一餐精緻美食，尤其那餐後巴掌大的提拉米蘇，是只專
屬於渡假時候的偶爾放縱，吃光光。

從亞維儂開車到艾克斯（Aix），大約一兩個小時的時
間。當初出發前找了旅遊達人工頭堅認真諮詢了一個
下午，他說普羅旺斯就停兩站吧，反正距離也都不遠，
以這兩站為基點，再選擇附近想去走走的山城晃晃，也
會比較愜意。一是亞維儂，另一則是艾克斯。

到達艾克斯的時候也是傍晚時分了，有了卡維雍的迷
路經驗，這次做足了心理準備，也在稍微迷路了 15 分
鐘之後順利抵達了，這庭院深深深幾許的冠軍民宿
── Pavillon de la Torse。

說它是冠軍民宿，可不是胡扯吹牛的。在這趟旅行幾乎都是邊走邊訂住宿的狀態之下，tripadvisor.com 已經成為我們完全倚賴的精神依歸。這網站目前算是全球旅遊網站中的指標性代表，當然裡面包含了住宿、吃喝玩樂的建議，針對全球每一個不同大小城鎮，由廣大網友觀點評鑑出各類型的光榮排名，附上熱心網友的長篇評論，有好的，也有罵翻了的，非常具有客觀參考價值。Pavillon de la Torse 就是我們好狗運訂到的，在艾克斯評鑑第一名的民宿，天知道這有多麼難得，它在當地近百家民宿中拔得頭籌，並且蟬聯冠軍多年，而我們在艾克斯至少幾萬個觀光客當中又有幸訂到空房。心裡覺得幸運之神真的眷顧我們了，卻又隱約的感到不安，大家口中覺得滿分的地方，也真會是我們喜歡的地方嗎？

那就像小時候，爸媽會說一定要考上前三志願，以後才會有前途，但我們內心其實充滿抗拒，因為知道那根本不是屬於自己的地方，就算考上了，也不會快樂的那樣。

駛進民宿大門，左右兩排工整、與天齊高的白樺樹像是看門士兵一樣，列隊向我們肅穆敬禮，綿延了將近一百公尺。路的盡頭是一棟鵝黃色的四樓建築，綠色的木頭窗戶，連敞開的角度都似乎精密計算過，像是一個訓練

有素的舞蹈團體，每一個肢體動作的高度，都不會有絲毫落差的整齊。敲敲門，一位紅髮中年女士出來開門，引領我們進入了她與丈夫悉心打造出來的家。

他們來自美國波士頓，太太從事教職，先生是金融相關工作，退休之後，因為嚮往南法美好生活，就把積蓄拿來這兒買了塊地，蓋了一大片的花園和這棟房子，當起了民宿老闆。也因為如此，他們算是此行中我們最可以用英文溝通的人了，想起之前每天比手劃腳的日子，現在可以順暢與人聊天，真是非常爽快。

但，你發現了嗎？她是老師！

當她聊起她的經歷時，我跟大個兒有種恍然大悟的感覺，對，她就是標準老師的長相，應該說是標準卡通裡面老師的長相，小甜甜或是喬琪姑娘的老師之類的。她瘦瘦高高的、穿著規矩襯衫和過膝散裙、粗跟的跟鞋、皮帶與鞋子配上了酒紅色。她臉尖尖的、顴骨突出、雙眼犀利、櫻桃小口，還有一頭卡通裡老師該有的紅髮，燙得捲捲的。她講話鏗鏘有力，有種不容挑戰的威嚴蘊藏其中。光是帶著我們來到我們訂的三樓套房，介紹整棟民宿可使用的設施的過程，就有種令人肅然起敬的感覺，可能我倆從小就不是學校裡的乖乖牌，看到老師，

就會直覺想要躲開的陰影。

然後她說，明天早上八點準時用餐，這裡全面禁止吸煙，請問還有別的問題嗎？假笑。

我們說，沒有了，謝謝你，假笑回去。頓時感覺來到了單身女子宿舍。

至於我們的房間，則是位在最高樓層，就像你想像中的一個很像家裡的溫馨房間那樣，一張雙人床，鋪著普羅旺斯花色寢具，一張小書桌，兩張床頭櫃，上有雕花小檯燈，窗戶打開，可以眺望整個民宿偌大的花園和游泳池，花園的草皮平整，每棵樹都修剪得俐落乾淨，沒有任何犯規偷偷竄出的枝枒，藍色游泳池的水面上一片落葉都沒有，想必花費了好多心思整理維護。這兒的一切都井然有序，地板窗戶桌面一塵不染，就像是一本好學生字體工整的作業簿，卻好像少了點，嗯，人味？

我想到台北那個總是亂糟糟的家，我總是辯稱那才是生活的痕跡。想到小時候那個追求我的好學生男孩，他的索然無味每次都換來我的白眼千遍。想到所謂普世價值觀當中認定的成功經驗，不也是我避之唯恐不及的夢魘。那些多數人們口中說的好，未必是你我所追求的想

望，雖早已過了青少年叛逆階段，更無需任性的與世界為敵，只是在不斷自我對話過程當中，我們早已拋去盲目鄉愿的附和，在一次又一次的失望挫敗當中，學習如何全盤接受自己的喜好與模樣，找到最舒服的方式，和自己自在相處。

單身女子宿舍的故事未完待續，只是肚子餓了。晚餐時分，我們步行到了艾克斯鎮上，用日本料理的熟悉溫暖結束了旅人的一天。

相戀五十年後
的美好。

艾克斯周邊觀光客一日遊

夜晚時分，整個艾克斯也陷入了黑夜中的沉睡，街道、植物、庭園、建築都安靜的睡了。我們回到了單身女子宿舍中，躡手躡腳的爬上了樓梯，不敢發出太大的聲響，也算是一夜好眠。

隔天早上，揉著惺忪睡眼走到了餐廳，看來所有的房客不是用完餐了、就是早已梳洗整齊的坐在大餐桌上，開心的迎接全新的一天。這裡的早餐豐富營養，滿桌的老闆自製果醬、手工麵包、自製優格、剛摘下來的水果、現榨果汁，還有每人一客熱騰騰的起士火腿蛋捲，那蛋捲一定把雞蛋跟牛奶黃金比例混合後才去煎的，軟嫩Q彈，完全是專業級的水準。

坐在對面的是一對加拿大來的老夫妻，聊了起來才知道，他們是來歡度結婚五十週年紀念，孩子都大了，老夫老妻兩人雲遊四海，好不逍遙。他們在這裡已經待上了十天左右，每天到處走走看看，有時就在民宿的院子裡，看書休憩，過著神仙般的渡假生活。五十年耶，我想著，光牽著手的日子，就長過了我們活過的歲月好多

相戀五十年後
的美好

好多，問著他們婚姻長久幸福的祕訣，老先生一臉苦笑地打趣說，"Remember your wife is always right!" 老太太聽後笑得好甜，臉上的皺紋泛起了粉紅顏色，她硬是抬高了一邊眉毛，縮了縮鼻子，故作正經的附加了一句 "Never think too much about men's words." 我們大聲的笑出來了，看著眼前這對可愛的老夫妻，也許經歷了許多的人生風霜，或是從年輕就這麼鬥嘴到老，但終究，現在他們坐在這裡，享受著白頭偕老的歲月靜好，多麼令人羨慕。短短的兩句話，雖是說笑，也許正是我們不經意得到的婚姻相處真諦，我感謝旅行，總是會有天上掉下來的珍貴禮物，快快收拾起來，一輩子慢慢受用。

民宿的老闆看起來就是大好人一個，微禿的頭髮，溫暖的笑容，沉默寡言。這幾天每次看到他，不是在院子忙著打理花圃草皮，就是在打掃內務，都是輕輕點個頭就擦身而過的禮貌。在餐桌上，他開始問起了我們今天的旅遊計劃，熱心的拿出了兩大張 A4 的紙張，上面寫滿了周邊各個景點的風景介紹、餐廳指南、詳細地圖，他說，不如就先去 Bonnieux（奔牛城）吧，那邊觀光客比較少，大部分都是當地遊客，很幽靜的一個小山城。這又是住在民宿的另一個好處，你就像是多了一個當地的導遊，從內行人的角度，告訴你這兒真正迷人的私密景點。

趁著陽光普照的燦爛，我們就往 Bonnieux 出發了，老闆
還幫我們訂了家他推薦的法國餐廳，這樣就可以在那兒
悠哉的享用午餐了。

說巧不巧，在出發蜜月之前，我還特別把《山居歲月》
（*A Year in Provence*）這本關於南法生活的經典著作翻了
一遍，但隨著旅程的開始，早就把讀進腦子裡的文章
忘得一乾二淨，唯一依據的，只有對南法感受的追尋。
初聽到 Bonnieux 這個地名，有點耳熟，仔細查了一下，
才發現它正是《山居歲月》的作者彼得‧梅爾（Peter
Mayle）在書中的家的所在，也因為這本書，讓此地成
為了很多書迷必到的景點。它還有一個另外的名字叫做
奔牛城，這特別的名字來自書中的音譯，倒跟牛沒有什
麼關係。

Bonnieux 很像九份，我是說，如果用我們既有的記憶體
中，找出一個地勢跟它最相近的形容的話，就是九份
了。同為沿著陡峭山壁建造而成的小山城，蜿蜒崎嶇
的山中小徑以 Z 字形的途徑盤旋而上，遠遠地看著它，
像是生日壽星戴的一頂圓錐形的小尖帽，淘氣的被擺放
在盧貝宏（Luberon）的山丘上。

它其實是一座很有情調的、用石頭打造出來的中古世紀

126

小山城。我們的車子稍微吃力地爬上了曲折山路,本想偷懶的停在最頂端的山丘,繞了兩圈後發現停車場座落在半山腰,只好認命的停好了車,慢慢的爬著一階又一階的石頭樓梯上去。也還好我們用走的,這山城的幽靜美好,是只有步行者可以享受到的福利。我想起以前唸書時候,在淡江大學的山下有個好漢坡,超過百階又陡又高的樓梯,光出現面前就讓人想要放棄,我走了它幾次,每次都有不同感受,隨著當天不同的心境轉換,有時候走完很開心,有時候卻是很寂寞。

我跟大個兒比賽著,兩步併一步的跨著,轉個彎就不見身影,兩旁的石頭牆壁盡是看似加油的臉孔,成了奔放的花兒,成了斑駁的彩色門窗。爬上了山城的頂端,一座古老的教堂和一支一柱擎天的十字架在陽光下顯得耀眼,在這兒可以俯瞰整個盧貝宏山區的廣闊平原,登高而望遠,呼吸著普羅旺斯最高點的新鮮空氣,前所未有的寬闊體驗。

來到了民宿老闆推薦的可愛餐廳 L'Arome,選了戶外的座位,配著好藍的天,點了一條現烤鮮魚和燉豬肉,兩杯冰冰的白酒,旁桌一大群老外的笑聲成了最歡樂的背景音樂,又是極度美好的一餐。

用完餐後，繼續上路，前進老闆 A4 指南當中也標上推薦星星的 Lourmarin。

Loumarin 跟 Bonnieux 有著不一樣的風景，這兒是個熱鬧的小鎮，有很多手工藝品店、設計師服裝店、咖啡廳和酒吧，有種突然好像從天上回到人間的感覺。我逛著路邊的市集、顏色鮮艷的蔬果攤，我們在露天咖啡座喝了杯咖啡、歇了歇腳，看著大街上人們緩慢而慵懶的步調，還有身旁那張（目前還是）百看不厭的臉孔，真的開始瞭解了，南法真的不是用「玩」的方式來旅行的地方，它是用走的、用看的、用呼吸的、用觸摸的、用心去感受的，它隱晦不張揚的美好，是細細品味之後而得的濃厚韻味。

就像是相戀五十年後的，那種安靜的美好。

與梵谷
最近的距離。

隆河星夜

遊歷了普羅旺斯的山城與小鎮，今天換個方向，去河邊走走。

我們來到了梵谷在晚期調養受盡折磨的身心，同時也大量就地取材創作的地點—阿爾勒（Arles），雖然從艾克斯過去算是在地圖上畫了一個大圈圈，但其實在南法開著車，去哪兒也都不遠，我說想去隆河看看，法國的五大河流之首。

其實在旅途的一路上常常聽到梵谷，從阿姆斯特丹的梵谷美術館開始，那兒是保存最多他的作品的地方，接著是巴黎，然後進入南法，這名字好像一直圍繞在我們的周遭，出其不意地出現著。在其中，阿爾勒算是一個很具有梵谷代表性的城市。

在梵谷短短三十七年的人生歲月中，阿爾勒陪伴了他後期精神狀態極不穩定的約莫兩年歲月，他想在那兒打造一個藝術村，找來好友高更（Paul Gauguin）一起同住、作畫，卻在同住了兩個月後就立刻鬧翻了，看起來就

與梵谷
最近的距離

像是壓死駱駝的最後一根稻草的故事一般。即便如此，當初為了尋找更溫暖的陽光顏色，梵谷從巴黎搬到了阿爾勒，他的畫作也吸收了飽足的自然風光，而呈現出了早期少見的溫暖色調，每一個他走過的街角、咖啡廳，居住過的房間、窗外的風光，都成了他精華時期最為後人津津樂道的絕世傑作，我們來到隆河畔，梵谷的隆河星夜夜光。

抵達阿爾勒的時候，剛好是夕陽時分，我們在這充滿中古世紀古蹟的小鎮稍微逛了一下，發現了很多梵谷的創作足跡，只要是出現在梵谷名畫當中的街景，都會在「梵谷的主觀視線發生地」看到一張告示牌，上有他的畫作和景點簡介，對於想要循著他的畫而遊歷此地的遊客來說，真的是非常貼心。我們走著走著就來到了隆河邊，沿著河邊的步道，慢慢散步。

我也喜歡散步，我喜歡所有兩人會「一起專心往前移動」的事情，像是游泳、開車、騎腳踏車、走路等等。好像在那時候，我們是真正在一起的，沒有人會把手機拿出來滑，沒有人會三心二意的想事情，就簡單明瞭的朝著共同目標，用著各種不同的速度，一起往前走，那總是讓我非常有安全感。有時候我會開始唱歌，有時候會機哩咕嚕不停的說話，有時候就只是走著，看著彼

此相近的步伐，感受手心裡的溫度，自己感動到全身起了雞皮疙瘩。

那天風很大，我們站在河邊，面前是比想像中還要寬廣壯觀的河流，背後是阿爾勒充滿歷史故事的美麗建築，突然，大個兒在牆上發現了我們的影子，透過夕陽的斜射，我們的影子變得立體生動，就像小時候爸爸會就著光影，教我們一些用手指可以做出的可愛動物影子遊戲那樣，我們開始專注的研究怎麼讓牆上的人影變得更為有趣，兩個呆瓜，傻傻地玩了好久。繼續往前走著，路燈開始漸漸亮起，映在水面上，成了梵谷畫裡的河面耀眼光束，隨著波紋閃動。

誰是影子，誰又是實體，現在好像不太重要，一加一大於二是不是也適用於此。本體跟影子合作成了無懈可擊的美麗畫面，影子好龐大，還可隨心所欲的變換角度形態，這樣的片刻燦爛自如，讓人不禁甘於如此短暫易逝。我又想起了梵谷，短短的人生揮灑出了永恆的影子，在許多人的心中，真正如影隨形。

雖不特別是個梵谷迷，但是在此刻，我卻感受到了，與梵谷最近的距離。

大家都説好危險的馬賽

在我們所謂的單身女子宿舍待了幾天，相安無事，也終於瞭解為何這家民宿可以一直蟬聯 tripadvisor 的冠軍寶座了，撇開我們個人喜好不談，這兒的一切室內戶外整齊乾淨、寬敞舒適，無敵大庭園細心妝點出了滿是綠意，老闆與老闆娘熱心提供所有詳細旅遊資訊，美味新鮮多選擇的早餐，每週舉辦一次的戶外烤肉迎賓派對，幾乎就是你可以想像一間民宿做到最好的程度了，當然，在今天要離開之前，老闆娘還不忘提醒我們，「如果你們對於這裡的住宿經驗滿意的話，記得要上 tripadvisor 給我們正面評價喔！」我笑笑答好，轉頭馬上拉著行李往門外奔去。

突然有鬆了一口氣的感覺，好像終於有要從學校宿舍搬到校外去租屋的自在了。我們坐在戶外的花園椅上，享受這民宿的最後一瞥，大個兒點起了一根香煙，悠閒而緩慢的抽著，突然，在三樓的窗口，伸出了一顆紅髮的頭，然後是一隻手指著我們，她大聲的說 "No no no! No smoking!" 是的，當然是那位很像老師的老闆娘，正當我們狐疑著為何連戶外都不能吸煙時，她馬上接了

不怕！不怕！

一句 "Absolutely no smoking around this WHOLE area!" 快快不好意思的熄了煙，發動了車子，我們揚長而去。我想，在這樣的時刻，我們彼此都有一種好險我們（他們）要離開了的感覺。

下一站，我們要前進馬賽（Marseille）了。

馬賽，是個很神秘的城市，你很難在南法的行程安排上錯過它，因為它正是南法普羅旺斯與蔚藍海岸（French Riviera）兩大區的交界轉換站，到了馬賽，就代表遠離了山區，而可以一路沿著美麗的地中海海岸走下去了。但是，馬賽這個城市，讓我們在還未見到它的廬山真面目之前，就已經對它心生畏懼，同樣也產生了高度好奇了。

這趟旅程當中，只要有機會跟外人聊起我們的行程安排，一提到「馬賽」這個名字，旁人都會露出非常詭異的神色，像是那位紅髮民宿老闆娘，一聽到我們下一站是馬賽的時候，她慣性的提高了一邊眉毛，說 "Oh…well, Marseille is…uh…beautiful, but…um…you gotta be REALLY REALLY CAREFUL…" 在巴黎時與一位旅居法國多年的朋友碰面時，她說有一次在馬賽租車，車子才剛開出停車場，還來不及上鎖之前，就被路邊衝出來的幾個人

強行打開車門，把車裡所有包包都搶走了。上網 Google
馬賽，除了很幽默地出現了「某個姓馬的人很賽」的鄉
民惡搞之外，看到的都是在火車站硬生生被搶劫的驚險
故事之類的，更別提在電影《終極殺陣》（Taxi）當中
對馬賽這城市的諸多揶揄了。

諸如此類的警告性眼神跟言語，在我們到達馬賽之前從
未停止過，就算真正抵達了，只能說有過之而無不及。

我們試圖理性的從它的地理位置跟關係來解釋這一切，
馬賽是法國的第二大城市，也是最大的港口城市，所以
在這裡，是現代中東、北非和南歐文化進入法國的跳
板，不僅有許多歐洲貴族會搭乘著他們自己的豪華遊艇
來享受奢華的假期，更有許多來自周遭各地的非法移
民甚或是毒品走私者從這裡上岸，它不僅是龍蛇雜處，
更是遍地黃金與亡命之徒的交會地帶。

身為一介小小不起眼的觀光客，我想我們只能繃緊神
經，隨時警戒。

開了一兩個小時的車，比想像中還要快的，我們就到了
馬賽。按著地址，很順利的找到了離鬧區才兩三個街口
的旅館。更幸運的是，就在旅館正門口，找到了一個免

費車位。

旅館大門深鎖，接待人員透過對講機仔細確認了我們的訂房身分，才緩緩的推開厚重大門。出門迎接我們的是一位可愛的歐非混血帥哥，他黑黑的皮膚和雪白的牙提醒了我們來到了離北非只隔著一片海峽的城市。他協助我們把行李拿進旅館，之後，再次站在我們車子窗邊認真探頭往內看，要求我們打開車門，他彎身進車內拿出了我們留在車上的小枕頭和一個空的環保袋，還有一些放在零錢盒裡的兩三枚小零錢，他嚴肅地說：「你絕對不能留任何東西在車內，要是為了這些東西，車窗被打破，就太得不償失了，記得！不論『任何東西』，都不行！」

我們摸摸鼻子，像是個在考試時，粗心大意漏寫好幾題試題的小學生，這裡一切的肅殺氣氛實在比想像中的驚人，從第一次見到在大白天深鎖的旅館大門，到車內連個枕頭放著都有危險，接下來到底還有什麼呢？

這家旅館叫做 Le Ryad，它有著非常方便的交通位置，約莫步行五分鐘就可以抵達鬧區。很雅緻考究的北非摩洛哥裝潢風格，從地磚、布料、浴室到整體顏色的運用搭配，充滿異國情調。

Check in 完畢，我們趁著今天大好陽光，準備出門探險，臨踏出旅館大門前，剛剛那位混血帥哥，看著我們的手機和相機，他提醒了我們，「千萬不要把手機和相機拿在手上喔！」原來那些網路上關於手機相機拿在手上直接被拔走的傳聞，不是空穴來風。

我跟大個兒對看一眼，再次檢查全身上下所有的鈕釦拉鍊，把包包斜背拉到胸前，深呼吸，像是即將步上殺戮戰場的士兵那樣，帶著一身豪氣，頭也不回的往外出發。

哈哈，你看他是不是真的很可愛!?

我抱抱他，
兩人共享著
劫後餘生的浪漫。

馬賽歷險記|

短短幾百公尺的步行距離之後，我們就走在馬賽鬧區的最主要大街上了。這條大街看來跟其他各大城市沒什麼不同，街旁一樣有熱鬧的咖啡廳、餐廳、精品服飾店等等，只是這馬路上的氣氛，很難讓人相信自己身處在法國的第二大城。

街上大致上可分為兩類人，一種一看就是當地人，他們光長相就跟法國其他地方的人有著完全不一樣的模樣，五官較為深邃，頭髮也更捲了，膚色或髮色也相對的比較深，看來是經過很多世代的族群融合的結果。他們態度自在慵懶也帶有點海味的隨性，沒有大城市的匆忙腳步，有些人就這麼眼睛骨碌骨碌的盯著你，看似有些不懷好意（還是根本是我心理作用？）。另一種當然就是大量的、跟我們一樣的觀光客了，所有的觀光客，不論來自哪裡、什麼樣的膚色，都清一色的可以用「把包包緊抱在胸前」當作辨識的符號，就差沒在臉上用紅筆寫上「觀光客」三個字了，大家神情緊繃嚴肅，眼觀四面、耳聽八方，看來不止我們是一路被警告過來的了。看到這幅景象，頓時心理也平衡了不少，至少我們看來不會

我抱抱他，

Chapter.2 隨便亂走，我們的浪漫　　137

像是貪生怕死、傻里傻氣的的亞洲土包子了。除此之
外，街道上面三步一紙屑、五步一垃圾、七步一積水，
好像剛剛收工的清晨魚市場，髒亂的很有生命力，我們
跳格子般的往前走著。

來到舊港口（Vieux Port）邊，大小船隻整齊地排列停泊
著，陽光還是很美，海面還是很燦爛，景色依舊迷人。
所有城市的好與壞，都不應該怪罪它原本樣貌，都是
人，都是人造成的。想到台灣那些原本美得像天堂、後
來被政客財團開發成醜陋怪獸的海灣也好，山川也罷，
這樣的事件在世界各地不也同時在發生著，我嘆了口
氣，總是無能為力卻也無法停止揪心。

馬賽此時也在進行全面的城市翻新計劃，美麗的港口邊
停滿了巨大的怪手機械，工程圍籬擋住了大部分港口美
麗視野，我們沿著海灣繞了一圈，看到了可愛的觀光
小火車，買了票就跳了上去，小火車會帶著我們爬到
半山腰上那座名聞遐邇的聖母院（Basilique Notre Dame de
la Garde）。

隨著小火車緩緩前行，以怡人的速度瀏覽著馬賽市區風
光，漸漸朝著遠處那座宏偉的聖母院前進。

馬賽的聖母院是整個城市的制高點，站在聖母院外廣場可以俯瞰寬廣的海灣風景，就像是旅遊節目外景都得要跑到城市的制高點上看看，那種登高而望遠的遼闊，我羨慕著大個兒的身高，難怪他看到的世界總是與我有些許不同。

這座聖母院跟之前在其他城鎮見到的教堂有著截然不同的風格，黑白條狀石磚打造出非常容易辨識的拜占庭式建築，內部是金碧輝煌的華麗裝潢，連聖母像與基督像都換上了彩色繽紛時裝，有著人性化的表情和動作（這也是在整趟旅程中，看過了十幾座不同教堂後，最令我印象深刻的一間了）。教堂裡面有個小小的祈禱室，跟著長長的人龍排著隊，一人拿一根細長的白蠟燭，插上蠟燭，許上微小心願，這真是我從小到大百玩不厭的靈性遊戲。

在離去之前才發現，在這座聖母院高高細塔的頂端，慈悲的站著聖母瑪麗亞抱著耶穌基督的金色聖像，在陽光照射下非常閃耀，祂的位置正好面向馬賽港灣，好像就這麼看護著，那些從這海港出發與抵達的船隻和人們。原來在每個需要靠天吃飯的地勢所在，不論是海邊或是高山上，背後都有著堅定信仰的支撐，只是我們不得而知，他們是不是有著如同媽祖林默娘的故事，在民間口

優雅浪漫之外的，
另一種法國面貌，在馬賽真美上演

耳相傳著。

下山後就在港邊喝了杯咖啡，稍微坐坐，等待今天晚餐名符其實的馬賽魚湯。

來馬賽，怎能不喝碗馬賽魚湯（Bouillabaisse）呢？

馬賽魚湯，簡單來說，就是用了五六種地中海的魚類熬煮，再加上橄欖油、番茄、番紅花、大蒜以及各種香料所熬製而成的濃湯。據說這湯的起源來自於古時的漁夫，在捕完魚返港後，會先把整條完整的、高價的魚拿去市場做買賣，再把一些殘破的、便宜的魚類通通丟到鍋裡煮，加上濃厚的香料，在家裡，自己沾著麵包，吃飽肚子。所以嚴格來說，它算是一種漁家的家常菜。也很像我們有時候在原住民部落家庭中吃到的大鍋菜，把一些菜呀肉啊料啊通通一股腦兒的丟下去煮，濃濃的湯頭，拌飯剛好。當然，在眾說紛紜的由來當中，我最喜歡的還是希臘羅馬神話裡的故事—據說愛神維納斯（Venus）就是燉了一鍋類似的湯給她的丈夫火神（Vulcan）吃，他吃飽後，心滿意足、呼呼大睡，之後維納斯就跑去跟戰神（Mars）偷偷幽會了。這故事，可千萬不能讓大個兒聽到喔。

走進馬賽的鬧區，幾乎每家餐廳都在賣馬賽魚湯，我們繼續憑著直覺，看著哪家的裝潢順眼，人潮較多，就走了進去。我們一人點了一碗馬賽魚湯，還點了一大盤的生蠔，還有一份螃蟹，終於從山區來到海濱，一定要拿出在海產店大啖海鮮的魄力。一口麵包配著一口馬賽魚湯，這湯頭的濃郁讓人幾乎無法把它當作一般湯品那樣喝下去，味道嘛，夾雜了各種香料，以及在可以忍受範圍邊緣的魚腥，怎麼說呢，就是很厚重複雜，除了配麵包，還真需要配上杯清涼白酒，才能優雅的享用下去。結論是，馬賽魚湯的確值得一試，但一次也就足夠。

吃完飯，微醺，天色已黑，那些網路上警告的話語又再次浮現腦海，「晚上太晚不要出門喔！」。看看手錶，不過才即將九點，照理來說，我們這時都應還在外探險遊蕩，有時候甚至才剛要出門吃晚餐呢。我跟大個兒走在回旅館的大街上，夜裡的馬賽街道真像矇上了神秘黑色面紗，路上的人好像拍片換場那樣整個換了一批，觀光客幾乎銷聲匿跡，卻多了很多搖搖晃晃的醉漢、流浪漢、帶著年幼孩子出門乞討的乞丐（有的甚至還試圖伸出手抓你的腳或衣服），還有一個看來不知是喝醉還是精神疾病的中年婦女，一頭打結捲曲很像卡通裡巫婆的髮型，披披掛掛的破損服裝，步履蹣跚，幾乎就是迪士尼電影裡走出來的反派角色，或是《藍色小精靈》

裡面的賈不妙（Gargamel），她沿途對路人大聲咆哮著聽不懂的話語，手上拿著一根至少有一百公分長、空心粗管的鐵棒，就這麼隨著她的抑揚頓挫而四處揮舞著，我們老遠就注意到她，所有路人紛紛走避，我們也閃避到了馬路對面，敵不動、我動的，離開了危險範圍。

安然回到旅館，我的手心還在不停冒汗，剛剛彷彿是闖進了電玩遊戲的險惡場景當中，還閃過了大魔王的關卡，到現在還是餘悸猶存。記得大個兒以前老是說，他自己身型高大、面露凶狠神色，不論到了哪個國家旅行，幾乎不會有人想找他麻煩。但這次，他竟然說，「夜裡的馬賽，真的是目前唯一的一個，連我這樣的人，都會感覺危險的地方耶。」我抱抱他，兩人共享著劫後餘生的浪漫。

過度緊繃的一天，終於在泡了熱水澡以後，身心徹底放鬆。我慶幸著，還好明天起床之後，我們就要離開這個城市了。

乙什麼
不是重點，重要的是
眼前的風景、身旁的人。

尼斯，Nice ！

離開了讓人膽顫心驚的馬賽，我們要開始往美好的大海徜徉去！

我跟大個兒都好愛海。我老說我的夢想就是住在海邊，有一個木頭打造的房子，滿室木頭馨香，養幾隻狗、也許幾個孩子，在門前院子的大草原放肆奔跑，用盡氣力。我會煮好豐盛餐點，迎接剛剛衝完浪、從海裡上來的他，然後我們聽音樂、看電影、讀幾本好書，每天都睡個香甜的覺。當然，夢想也許只是夢想，我們現階段能做的，不過就是找到時間就往海邊去罷了。

從馬賽一路沿著海岸線奔馳著，我老派的唱著周華健，「*追逐風追逐太陽，在人生的大道上，追逐我的理想，我的方向，就在前方～*」，心情極好無比。想到每次從恆春要往墾丁的路上，那條筆直的公路，右邊是藍藍的海，從看到海的那一刻就會開始興奮尖叫，車子愈開愈快，音樂愈放愈大聲，幾乎是從跳台跳進泳池裡的重力加速度感受，迫不及待的想衝進大海的懷抱。

湛藍的海一樣出現在我的右側風景，胸口從那片藍開始

吃什麼

慢慢舒緩，你可以感覺那股暖流沿著血液，開始流動到全身，從四肢末端放送到整個周圍的空氣中，好像被一種無形的、溫柔的力量捧在手心，整個人變得軟綿綿的，嘴角的笑容是未經練習的鬆弛柔和。

關於蔚藍海岸（French Riviera），這美麗的名字，跟普羅旺斯（Provence）、托斯卡尼（Toscana），並列我心目中此行最夢幻的三大景點，我的集點遊戲來到了第二站，我們決定落腳在尼斯（Nice）。

Nice，又是個好棒的地名，曾經有個女生朋友 Kate 來尼斯渡假，她在 FB 上打了卡，照片就是一大片石頭沙灘和一張寫著 "Nice" 的告示牌，這樣的一語雙關，根本不需任何多餘形容，描述文字都會成了畫蛇添足，我想著那時的她一定感覺很幸福，心中好生羨慕。尼斯，Nice，一個英文單字就可以囊括全部的城市。

身為蔚藍海岸的第一渡假城市首選，也是全球富豪的渡假聚集地，尼斯的住宿房價、消費物價也是高得驚人。沿著海岸的濱海大道—英國人散步大道（Promenade des Anglais），綿延長達五公里的海景第一排全是名品街、五星級大飯店、高級餐廳、豪華私人別墅，奢華享樂的氣氛四處流竄，其實跟夏威夷的 Waikiki 有一點像，但又多了份法式的優雅從容。基於預算的考量，我們訂了

步行三分鐘就可到海邊，只是房內少了無敵海景的飯店 AC Hotel Nice，想著既然都來到了海邊，誰需要房內的無敵海景，我們只需要，整天躺在沙灘上，海就會在我們眼前一望無際的展開，免費。

抵達尼斯的時候剛好是中午時分，陽光燦爛耀眼，從英國人散步大道駛去，許多渡假人在海濱悠閒慢跑。說也奇妙，慢跑近年來成了全球最時尚的運動，大家都在跑，那些有運動習慣的、沒運動習慣的，都跑了起來，在河濱、沙灘、山上、操場，大家都在跑，有錢有閒的，還直接坐了飛機到了世界各大景點跑著。我雖然不愛跑，眼睛跟著他們的步伐，心靈也跳躍了起來。

簡單 Check in 之後，我們沿著旅館周邊走走逛逛，在一家像是我們熟悉的矸仔店中，發現了一隻 2.5 歐元的烤雞，其實就是我們小時候吃的那種手扒雞，不囉唆，馬上拎了一手黑啤酒、一隻烤雞，就散步到海景第一排的人行道，兩人坐在情人雅座上開始大吃烤雞。

一直都是這樣的，吃什麼不是重點，重要的是眼前的風景、身旁的人。

兩手吃得黏答答的，滿嘴油膩膩的，啤酒喝得頭暈暈的，我們在優雅的蔚藍海岸，野蠻的吃著手扒雞，眼裡嘴裡，盡是滿足，Nice ！！！

從天亮
睡到天黑，我們的
幸福儀式。

到世界各地的海灘睡場午覺

雖然出蜜月遊記的計劃在啟程前就放在心上了，但一到
了這樣美好的海邊，我馬上察覺我們即將會度過幾天無
可奉告也沒什麼好交代的百般無賴生活，難免有些心虛
發慌。而即便是在如此有意識的內疚當中徘徊，我卻
也還是管不了那麼多，不負責任的選擇了「享受當下」
這樣的選項。畢竟，沒有人規定，旅行的每一站都要有
意義的啊。

對，為什麼要有意義？

就像前陣子我突然想通了人生中很重要的一個道理，當
時腦內哐啷一聲巨響，就好像牛頓被蘋果樹上掉下的
蘋果砸中那時，應該也是這樣子的吧，突然感覺茅塞
頓開、通體舒暢無比。於是我在我的筆記本上寫下了，
「我追求的是一種無所事事的生活，希望成就一個沒有
意義的人生。」興奮之餘，也立即跟大個兒分享我這個
太了不起的心得。

「你的人生願望好可怕喔！」他以驚嚇的眼神看著我這

從天亮
睡到天里，我們的

麼說。對於他這樣一個日理萬機的優秀青年來說，出身書香門第，從小循規蹈矩、努力達成師長要求，性格幾近溫良恭儉讓，長大後努力打拼事業、忠心耿耿而至小有成就，卻娶了個這樣的人生伴侶，他的驚嚇其實是完全可以理解的。

但，我說，為什麼要有意義呢？我們從小就被教育考試要考第一名，長大後要出人頭地，要努力，要追求成功，要賺大錢，要對社會甚至人類有貢獻，要這個要那個，很多冠冕堂皇的帽子，在還來不及思索反應的時候，早已重重扣在我們頭上。但是，有沒有人問過我們，你的人生，快樂嗎？

我總是花很少時間在做有意義的事情，花很多時間在度過無意義的時光，只因為無意義總是給我比較多意想不到的快樂，雖然隱約覺得自己一事無成而有時沮喪，卻也無法自拔的深陷其中。我期許自己可以不帶著任何企圖與期望，過著我的每一天、認識每一個朋友、度過每一個把酒言歡夜晚、找個地方旅行、畫一張自己喜歡的畫、寫一篇自己滿意的文章……等等，我從不去思考這會為我的人生帶來任何建設性的改變，因為在完成的過程中，我早已得到自我的滿足，而後，事情會出現什麼樣有意義的發展，則非我所能掌控，是命也，運也，不需我費神擔心。

而倘若人生真能無所事事卻也安然自在，那真的是我心中最高境界。我們將不再被世俗煩憂困擾，不用擔心外界耳語眼光，擁有了強大而平靜的內在力量，按照自己的方式，完成此趟終究是一個人來、一個人走的人生旅程，也算功德圓滿。

有了如此看似任性不負責任、實則無欲則剛的理論支撐，突然很多關於浪費生命的自責內疚也都瞬間煙消雲散，而成了與自我靈魂的解析對話，理所當然的在內心自封了「豁達姐」的名號，繼續闖蕩險惡江湖。

所以我們會飛到大老遠的地方，只為了每天找尋一塊不同的沙灘風景，好好的睡場午覺。

首先當然是就近，在尼斯睡午覺。

尼斯的海灘全長五公里，全是鵝卵石鋪成的美麗海岸線，整個海灘切割成一段又一段的休憩區，公用的、私人的、公用的、私人的，整齊而間隔的排列著。當然你可以帶著自己的海灘巾、自備酒水食物，就這麼整片鋪在鵝卵石上，享受一整天免費的日光浴，或是，你也可以到私人的海灘餐廳用餐、點杯白酒，然後付費躺在他們為你準備的陽傘與躺椅上發懶，下水上來之後還可以

稍事梳洗，輕鬆便利。為了一個保證有良好品質的午睡，我們選擇了後者。

隨性挑了一間海灘餐廳，我們各自點了一份牛排與魚排，開了一瓶白酒，飽餐一頓後，抱著小說，就開始了最重要的休閒活動—看書、睡午覺。我永遠記得與大個兒初相識不久時，我們到了峇里島，兩個人就在海邊玩耍，玩累了就抱著書在海邊睡了，大個兒不久就發出了均勻的呼吸聲，與海浪聲音搭配成了和諧的音符，我們就這麼放心地沉沉睡去，時間不知過了多久，身上曬得暖暖的，風開始變涼，一張眼已是夕陽時分，叫醒了他，我們懶懶的起身，望著眼前絕美夕陽，太陽停留在身上的溫熱包覆全身，我們什麼話都沒說，那一刻，卻覺得非常幸福。也就是從那次之後，我們必定在每次旅行的沙灘上睡個午覺，從峇里島睡到帛琉、睡到長灘島、睡到沖繩、睡到夏威夷、睡到每一個夢想中的海灘，那樣看似無意義的行程規劃，只可意會不能言傳的幸福感，我慶幸找到了個人跟我一輩子這樣享受，多麼可貴。

於是我們又從天亮睡到天黑，在尼斯，繼續著專屬我們的幸福儀式。

只要有這樣的芝天、海洋、
和陽光，就足夠我活一輩子
——蔚藍海岸

到坎城睡午覺

在尼斯的第二天，我們決定開車去坎城（Cannes）睡午覺。

對於這個好熟悉的名字，終於有機會見到它了。想像著以往總是在報章雜誌看到的場景，全世界最美最帥最有才華的電影人齊聚一堂，在坎城影展的期間，整個小鎮充滿了衣香鬢影的風華，哪個男明星帶了新任女友在陽台擁吻，哪個女明星衣不驚人死不休的在紅毯上搖擺著她的柔軟腰肢，狗仔們躲在樹叢後頭、街頭轉角，不就是想拍到一張張的得意忘形、放浪形骸。漸漸的，開始有認識的朋友也踏上了這塊電影人的聖地，我看著照片分享他們努力已久而得的驕傲與成果，揣測著站在那片階梯上的激動。

除了影展期間的車水馬龍之外，平日的坎城其實是個樸實舒服的海邊小鎮。海邊分成兩大區，港灣區停滿了大小遊艇、帆船，一片整齊的藍白色相間。另一區則是跟尼斯的鵝卵石截然不同的細白沙灘，依舊有著悠閒做著日光浴的人們。零星的高級餐廳、五星級飯店、名牌精

後面的觀眾
你們好嗎？

品店，就好像是為了一年一度的影展嘉年華而養精蓄銳著，當然更有些小巧可愛的餐廳、咖啡廳，此刻扮演著小鎮風光的主要角色。

我們沿著大街走著，很容易也不費心的就走到了影展的場地，少了紅地毯與星光熠熠，這兒看來就是一棟音樂廳或劇院長相的澎湃建築，旁邊有著大片的綠地樹木。年輕人用滑板在柏油路面上的坎城標誌—棕櫚葉上滑來滑去，偶爾幾個翻身臀跳，發出了喀拉喀拉的響聲。我爬上了階梯，叫大個兒幫我拍張照，那種「後面的觀眾你們好嗎！？」的照片。

輕鬆遊覽之後，我們一如既往的找了家海濱餐廳，填飽肚子，換上比基尼，在躺椅上曬太陽、看書、睡午覺。

跟尼斯比較起來，我喜歡坎城的海灘多一些，細軟的白沙可以讓我把腳放在溫暖沙子裡面玩好久好久，沒那麼擁擠的人潮，也多了份安靜自在。環顧四周，海是藍的，沙灘是白的，陽傘是藍的，躺椅是白的，我正巧也穿了件藍色上有白色 Logo 的比基尼，一片單純的藍白，看似是大自然和人類共建的默契，那麼巧合。

睡到了接近傍晚時分，我們準備開車回去尼斯，途中打

算經過摩納哥（Monaco）晃晃。

摩納哥身為全球第二小的國家，僅次於梵蒂岡，因為不
用繳交所得稅的政府制度，使得這兒成為了所有富人避
稅的天堂。仔細想想，與摩納哥的記憶連結應該只有美
麗的葛莉絲王妃（Grace Kelly）吧，那 Hermès 美麗典雅
的凱莉包就是以她為名的，其餘的，一點概念也沒有。

從靠近摩納哥的周邊就可以發現目的地就在不遠處，倒
不是因為什麼驚人美景，而是滿佈的觀光巴士和觀光
客。狹窄的山路上擠滿車潮，車子開得不怎麼順暢，也
難得的聽到了偶爾的喇叭聲。終於開進市區之後，川流
不息的名車從身邊呼嘯而過，路上的行人好像是直接從
哪個貴賓招待所一貨櫃空運來的似的，在崎嶇難行的石
板路上踩著三吋高跟鞋、滿身昂貴華服、不合時宜的皮
草珠寶、西裝筆挺甚至燕尾服，我們就像是不小心闖進
了《大亨小傳》（The Great Gatsby）的拍片場景，眼花撩
亂的同時，也對這樣的物質打造出來的世界意興闌珊。
於是我們開車繞了一圈，慢慢開過了蒙地卡羅（Monte-
Carlo）大賭場，還有賭場周邊擁擠的人潮，真正的走馬
看花，卻也完全找不出該停車、並且下車走走的理由，
就這樣，就算是來過了摩納哥，應該也不會想再來了。

回程經過陡峭山邊的一處紀念碑，正是葛莉絲王妃據說是因心臟病發而發生車禍、香消玉殞的地點，下車看了看，孤獨的石碑刻畫下了一代傳奇，再多的繁華也只剩下冰涼。

當下決定好好享受著生命，努力把握著幸福，回到尼斯城裡，找了家高級時髦的餐廳，再度用美食當作一天的華麗句號。

後面的觀眾你們好嗎？

最愛的味道
其實
一直都在身旁。

徐四金的香水味—格拉斯

真的是因為這本我喜歡的小說—德國作家徐四金（Patrick Süskind）的《香水》（*Das Parfüm*），我堅持要到同樣位於蔚藍海岸周邊的格拉斯（Grasse）走走。

這本小說，內容大致上講的是一個名為葛努乙的孤兒，天生是個嗅覺天才而成為了一名調香師，但是他瘋狂又病態的迷戀著少女體香，為了成就一瓶這世上最完美的香水，為了取得少女那豐厚飽滿的體香，開始接連一個個的殺害純潔少女的故事。

還記得剛開始讀這本小說時，就被文章中擁擠濃烈的味道震驚了，不論是十八世紀時候巴黎的市場中所有牲畜腥味，人們身上散發出來的汗味，馬路上油膩的油漬味道，少女獨特的清香混合著血流成河的血腥味。滿滿的嗅覺感受透過文字變得活靈活現，我看到屬於那個時代厚重的色彩，聞到身處那環境的空氣漂浮粒子，變態的跟著主角搜尋那雪白肌膚飄散出來的、合併著人體油脂的，一種屬於美麗少女的味道。

最愛的味道
甘審

我也好喜歡人的味道。

每個人都有自己的味道，只有最親密的人才聞得到，自己怎麼樣也無法察覺。我老喜歡趴在大個兒的臉上身上，鼻子貼緊他的皮膚，用力深呼吸，聞著他的味道。他老是邊叫癢、邊問，「我到底是什麼味道？」我卻解釋不出來，「就是你的味道啊！」每個人真的都有自己的味道，不是臭味不是汗味也不是肥皂香味或是保養品香水，就是一種混合了自己皮膚油脂、荷爾蒙、內分泌的獨特味道。就像初出世的嬰兒憑藉著媽媽的味道得到有效安撫，我依偎著喜歡的人的味道，就會覺得好安心。

於是我們來到了《香水》這本虛構小說的發生地－格拉斯。從做了這個決定的當下，我就開始覺得自己有點愚蠢，但因為是硬拗大個兒陪我來的行程，他既然都答應了，我就必須硬著頭皮去完成。雖說格拉斯的確有著「世界香水之都」的美名，從十八世紀開始香水企業就非常繁榮發展，同時也是 Chanel No.5 的發源地，不論是適合花卉繁殖的舒適氣候，或是位於山區的美景，都非常值得一遊。

但我要找的場景根本不會存在啊。一是這小說只是借

159

用這樣的時空背景虛構而來，二是就算不是虛構現在二十一世紀也不會有書中描寫的畫面，不會有洛可可式的蓬蓬裙襬劃過眼前，不會有人燒著柴火拿著蠟燭，不會有穿梭在幽暗巷弄的變態少年啊。

明知不可為而為之，就像大個兒總說我是一個完全被感覺操控的人。對，就是一種無以名狀的感覺，就是要來，就是要任性的來到這樣的地方看看。

車子開到格拉斯，一個安靜清幽的小山城，跟蔚藍海岸大部分位於海濱的城市不同，它的位置居高臨下，空氣中少了海洋的味道，多了花草泥土的芬芳。如同我所想像的，這兒有許多的香水專賣店、香水工廠，古老的製香藝術氣氛早就被商業化的觀光氣息取代，還有因應廣大觀光客而生的製香學校，你可以花上一整天的時間，優雅的參與所有製香的繁瑣細節，然後，調製出一瓶專屬於自己的香水。想到自己拖著一個早已極其不耐煩的大隻拖油瓶，這個選項我當然想也不敢想，乖乖的找了家有歷史典故的香水工廠 Molinard，進門煞有其事地參觀一下，然後買了十幾支各種味道的小容量香水，想像著姊妹好友收到這樣的伴手禮、應該會很開心的表情。

旋風式的香水小鎮一日遊就這麼結束了。我終於敞開心

房跟大個兒認錯了，「對不起，我承認自己判斷錯誤，其實來這裡，真的沒想像中那麼浪漫耶！」想像中的浪漫，別人口中塑造的浪漫，跟自己內心的浪漫，有時還是天差地遠。葛努乙在少女的身上找到了完美的香味，而我最愛的味道其實一直都在我的身旁。

而且重點是，我根本對香水過敏，哈啾。

因為相愛
而得到的心滿意足。

Good-bye Nice ！

最後一天的尼斯，我們決定就這麼在海灘上，無憂無慮的混過一天。

我想要多花些時間，看看這片海，把這碧海藍天的影像深刻地印在腦海之中，以備之後不在旅行的途中、卻迫切需要好心情的時候，可以一閉上眼，就來到這片蔚藍海岸，吹風看海曬太陽。

我想要多花些精神，享受一下這樣的兩人世界，人們口中的新婚燕爾，就像回到台灣後收到寄給彼此的明信片中，大個兒這麼寫了，「也許在未來，我們會遇到很多的辛苦或悲傷，但請記得，在感覺辛苦的時候，看看這張明信片，想起我們快樂的模樣。」

我們在旅行中儲存了滿滿的快樂能量，那種最純淨、不被打擾的、沒有表演性質的快樂，由內而外的、嘴笑到快裂開的快樂。這世界只剩下你和我，還有因為相愛而得到的心滿意足。

因為相愛

看著前方幾個老外年輕人跳進了海裡，我說我們也到地中海裡面游個泳吧。九月中的南法，陽光普照的時候氣溫暖和，早晚卻是得加件薄長袖的涼爽。牽著手，我們小心翼翼地踩著腳下的鵝卵石，當雙腳一碰到海水的時候，海水凍到我們渾身直打哆嗦，大個兒出其不意的推了我一把，我摔進了海裡，馬上跳起來，使出了足部十字固定技，把他也撲倒在海裡，像孩子般的互相大力潑著水，笑著鬧著。而這海水的溫度還真的沒辦法游泳，全身浸入水中不到幾分鐘馬上凍僵，一股寒意直竄腦門，我頭也不回的拼命跑回岸上，他在後頭追著，兩個孩子又抖又凍的在海灘上，大口地喘著氣。

這就是尼斯，我腦海中的尼斯，有我們又冷又濕的身影，有一整片的石頭海灘，藍到不可理喻的海，有你眼睛裡不停笑的我，還有躺椅上的打呼聲。

明天，我們即將離開這個難忘的美好城市，往義大利前進了。

Chapter.3
在旅途上，
練習愛情

Italy
義大利

離開優雅的法國，
來到了
性感狂熱的義大利。

Hello Rome!

從尼斯前往義大利，最方便的方式就是搭飛機了。歐洲的內陸航空有很多不同的航空公司可以選擇，堅持邊走邊訂的我們，前幾天才訂好了飛往羅馬（Rome）的機票，而且，我們選擇了真的票價很實惠的廉價航空—EasyJet。

廉價航空是這樣的，實行一分錢一分貨的原則，所有的服務與優先權都是要分項付費的。訂機票的同時，除了目的地和時間的選擇之外，幾乎勾選了一整面的選項，從行李的重量件數、需不需要快速通關、機上餐點供應與否、機上飲料供應，不同選擇都有著不同的收費。後來才發現，EasyJet 沒有劃位的制度，基本上就像是高鐵上的自由座，所以如果沒有勾選快速通關的選項的話，就必須早早在辦完登機之後就到登機口開始排隊，有時一排就是一個小時跑不掉，才能有比較理想的座位，其實有沒有理想座位倒是其次，但至少兩個人要坐在一起吧，雖是短短航程卻也不想被拆散啊。

還好，一向沒有耐性的我們防範未然的選擇了快速通關

離開優雅的法國，
來到了

的付費，也就這麼順利的跟大家擠著擠著，就飛到了羅馬。

到了羅馬已是天黑，跳上計程車，直奔火車站旁的 Hotel Alpi。通常在訂大城市住宿飯店的時候，若是對於這城市非常不熟悉，我都會打開 Google Map，把幾家屬意的飯店直接在地圖上標註下來，再對照各大景點鬧區的相對距離，如果因交通需要搭火車或是租車，最好是找火車站附近的或是離租車點近些的，減少帶著大件行李移動的麻煩與花費。但總之，火車站可步行到的區域絕對是自助旅客的首選。

在計程車上，我好奇地睜大雙眼看著周遭街景，雖然已經天黑，各大歷史古蹟卻都打上了漂亮的投射燈光，讓人遠遠的就看得目不轉睛。對羅馬的第一印象就是，這不是一個有著華麗古蹟的城市，它是一個「建造在古蹟當中」的現代都市，羅馬競技場（Colosseum）在計程車左側擦身而過，隨便一個圓環都是一個幾百年歷史、大有來頭的雕像噴泉，這城市的脈動，就算換上新裝新人，卻也從未改變過。

Hotel Alpi 的櫃台接待讓我們第一時間就感受從法國來到義大利了，他長得就像印象中的義大利人，捲捲的頭

髮、滿臉鬍子、微凸的啤酒肚，性感而開朗，他大聲熱
情的歡迎我們的到來，好像一轉身就要開始唱起 O So
Lo Mio 那樣的，很義大利式的招待。一打開房門，一整
面濃烈紫色的窗簾，房內裝潢透露著狂野的氣氛，是
的，我們離開了優雅的法國，來到了性感狂熱的義大利
了！！

義大利地名篇

剛開始查詢義大利地名時，出現了一點點小小混淆，發現了
義大利的地名幾乎都有英文與義大利文的不同版本，譬如羅
馬在英文是 *Rome*、義文是 *Roma*，威尼斯英文是 *Venice*、義
文 *Venezia*，佛羅倫斯英文是 *Florence*、義文 *Firenze*，甚至因為
Firenze 的義文發音太好聽了，還讓徐志摩神來一筆的為她取了
「翡冷翠」的美麗譯名。

像孩子般的
胡鬧吵架然後幼稚和好，
是一種很珍貴的幸福。

眼淚的戰爭—古羅馬競技場

於是今天就來個古蹟巡禮吧。

依舊跳上了陌生城市的友善導覽交通工具—雙層巴士，把羅馬好好地繞一遍。

遠遠的，遠遠的，就盯著那座巨無霸的羅馬競技場，朝著眼前逼近。那出現在無數電影裡的畫面，那無疑就是代表著羅馬的地標，那個千年前皇室貴族、平民百姓、囚犯俘虜、猛獸牲畜用一層層階梯來區分著地位階層的，高貴華麗與貧賤血腥互相嘲諷的圓形建築，就出現在我的面前，多麼超現實，多麼激動。

像是蜜糖上的螞蟻一般、密密麻麻的人潮把我拉回了現實世界。是的，現在是西元 2012 年，我站在建於西元 72 ～ 82 年的古羅馬競技場面前，我穿著牛仔褲、白背心，用一種現代的休閒姿態站在這裡，唯一可以稍作聯想的，是我微捲的咖啡色長髮和頭上的那條珠鏈髮帶。腳下的地、眼前的景已過了千年，卻未曾被遺忘，石造的建築歷盡滄桑，卻依舊盡職的幽幽吐露著歷史的故

事，背負著人類啊人類，如此偉大又邪惡的物種，讓世界變成這個模樣的，功抑或是過。

於是人創造了歷史，歷史創造了人，在世紀初始之際的人們，可否想過今日光景，再千年過去之後，我還會不會回來這裡。

我興奮的邊跑邊跳著，往競技場走去，拿起相機拼命按著快門，怎麼拍都不像是自己拍的，倒像是一張張放在紀念品店的明信片。

「你幫我拍幾張啦，我想上傳 Facebook ！」我耍賴的央求著大個兒，明知道他總是對於拍照非常不耐煩，還是硬著頭皮拗著他。

於是他老大不甘願的拿著我的手機和相機，啪啪啪的隨手拍了幾張，滿臉的不耐在陽光下特別刺眼。

我看了看他拍的我，如同我可以想像的，不是眼歪嘴斜就是手臂粗壯、站姿不雅、副乳張狂，忍不住抱怨，「為什麼你都把我拍那麼醜？」莫非在你眼裡，我就是這個樣子，女人的無止盡負面聯想力比光速跑得還要快。

「我不是你助理，我們是來玩的，不是來工作的，你不要一直叫我拍照，拍了又嫌不好，到底夠了沒有？」他像是把一輩子的抱怨一次說出那樣，火力強大而驚人。

我很生氣，也很悲傷。不發一語，轉頭就走，這是此刻能保住自己僅存尊嚴的唯一辦法。

我們就這樣一前一後走進了羅馬競技場，買了票，領了一人一支的語音導覽器，循著長長人龍，慢慢走，像是兩個陌生人一樣，行屍走肉地向前走著。

我跟著語音導覽的引導，一層一層地參觀著這令人驚嘆的露天建築，拿起相機拍著，我可以掌握的每一個美麗畫面，我倔強的繼續不發一語，想在這千年歷史遺跡當中，可以暫時淡忘我這輕如鴻毛的難受。

終於走著走著，我們走進了一個如同防空洞一般的長形洞穴，找了個管狀的大石塊，我跳了上去坐著，大個兒開口跟我聊起了剛才的不愉快，我的眼淚忍不住的撲簌簌往下掉落。我覺得生氣、委屈、難過、不被體諒、不被疼愛，他覺得莫名其妙，就如同老掉牙的理論說的—男人來自火星，女人來自金星—那般的，幾乎每次的爭執都是兩條完全不會碰頭的平行線，我講我的，他講他

我們不是在見證歷史，
而是活在每一個即將成為歷史的當下——羅馬

的，其實根本沒有交集，只是為了彼此感受而假裝著理解的表情而已。我繼續流著眼淚，他拿起相機拍下我愛哭鬼的樣子，「剛才叫你拍你不拍，現在不要你拍你又一直拍」，我不禁在內心不停咒罵。

不知過了多久，我們放下了對峙僵持，我們倆總是這樣，每次吵架吵一吵，激烈的跟真的一樣，等兩個人火氣都發完了，一轉頭、一句話，我總是先破涕為笑的那個人。

而他總是故作生氣地問：「你笑什麼？」
我沒好氣的回答：「要你管，你本來就很好笑啊！」
他：「你自己愛哭鬼比較好笑吧！」
我：「再怎麼好笑都沒有你好笑！」
於是對話陷入了六歲兒童的邏輯循環，和著鼻涕、眼淚和想笑的衝動，彼此假裝怒罵著沒有意義的言語，從切八段到言歸於好，前後通常不會超過兩個小時。

也好也好，我們常常說著，要找一個懂得愛你的人，其實後來發現，更重要的是，我們要找的其實是一個知道怎麼跟你吵架的人。兩個人的契合，不只來自於生活當中共同興趣、人生共同目標，吵架的時候有著同等步調與節奏，也許是維持長久穩定關係的關鍵，畢竟同甘容

易共苦難，談戀愛更是一種把人生甘苦放在顯微鏡下仔細檢視的危險動作。我總是慶幸我倆都是脾氣火爆的獅子座，情緒來得快也去得快，這麼多年了，架沒少吵過，但至少從未在彼此心裡留下不可抹滅的傷痕。能像孩子般的胡鬧吵架然後幼稚和好，是一種很珍貴的幸福。

後來我們的確像是沒事發生過的那樣，牽著手，逛遍了古羅馬競技場周邊的古蹟，像是君士坦丁凱旋門（Arco di Costantino）、神廟神殿的大片遺址等等，盡是斷垣殘壁，突兀佇立城市中心。直到都逛完了，我的淚痕才漸漸風乾，心情漸漸平復。

晚上睡前，我問大個兒：「你喜歡古羅馬競技場嗎？」
他肯定的回答：「不喜歡！」
「為什麼？」我非常好奇。
「因為我們在那裡吵架了，所以我不喜歡什麼古羅馬競技場，我不喜歡跟你吵架的地方！」他嘟著嘴，就像個賭氣的小男孩。

我看著他，又笑了，「所以你看你是不是真的很好笑呀？」

輕輕抱著他的頭，我拍拍他寬闊厚實的臂膀，說：「好，那我之後盡量不跟你吵架了，好嗎？」

他小心翼翼的確認著我是不是說真的，幾秒之後，也許是在我的眼神中得到肯定了，他的眼睛慢慢彎成了兩道迷人的上弦月，偷偷地、順勢地在我身上擦去了，那以為沒被發現的兩滴眼淚。

被拍下了我名符其實的「愛哭鬼，喝涼水」

「他之後願意
好好幫我拍照不生氣」
的卑微願望。

人山人海羅馬城

羅馬不是一天造成的，這句話大家都聽過，那代表了亙古歷史所創造出來的輝煌永世價值。而來到了這樣一個經歷千古世代更迭、戰亂洗禮的城市，俯拾即是的千年遺跡變成一種輕鬆的擁有，這才發現，我們在旅程中所尋找的所謂偉大，不過僅僅是記憶中的殘餘聯想罷了，真實在當下的感動，有時出乎意料的遠遠低於腦中長久以來的想像。

在這個城市，除了古羅馬競技場之外，還有好多人們口中「來了就必須得去看看」的景點。離開競技場後，我們就順著人潮瞎走著，大個兒說，反正就跟著人潮走，一定又是個什麼景點。是的，羅馬是一個被觀光客塞爆了的城市，雖然去過了許多世界著名觀光勝地，羅馬卻還是人外有人、天外有天地讓我吃驚。我想像著如果可以搭著直升機從高空中俯瞰整個市區的話，你一定會看到那些巨大的古老建築景點，然後周邊人潮形成一條條的巨大人龍，延續到下一個旁邊的景點，而終究成一張密密麻麻的網絡圖，差不多就像是八卦雜誌當中那些帥氣男明星與美麗女明星所連結出來的戀愛樹狀圖，雖不

詭異卻令人眼花撩亂。

果不其然，就這麼傻傻的看哪兒人多、往哪兒走，經過幾個蜿蜒的小巷弄，正當我們開始懷疑是不是走錯路的同時，大名鼎鼎的許願池就出現在眼前了。與其說是許願池出現眼前，倒不如說是人山人海的景象迎面而來更為恰當，若非身歷其境，很難想像在一個狹小巷子彎進來的小小廣場當中，擠滿了這麼這麼多的人，接著，你必須穿越階梯上的人群，像是在某個海洋公園被幸運點名到要去餵海豚那樣的，翻山越嶺的往池邊走去。我跟大個兒禮貌的花了不少時間，終於在池邊找到一個空位坐下。

許願池她實際的名字叫做特萊維噴泉（Fontana di Trevi），我想大家認識她也都是因為電影《羅馬假期》（Roman Holiday），在電影裡，奧黛麗赫本（Audrey Hepburn）拿著錢幣，丟到許願池裡許了願望。根據早已不可考的傳說，你要用右手拿兩枚錢幣，背對許願池，從左肩丟出去許下願望（這實際執行上並不真正符合人體工學），這樣你就可以得到美好的愛情。若是擲出三枚錢幣，你就可以如願以償的結婚或是順利離婚（這麼人性化？）。在電影中，奧黛麗赫本因為只擲出了一枚錢幣，所以雖然得到了美麗愛情，卻無法與相愛

的人共結連理。

在人聲鼎沸的許願池邊上，你可以看見各式各樣渴求愛情的女人臉孔，事實上這些浪漫典故也只有女人願意買單，所以女人的身旁，也少不了滿臉不耐的男人，喔除非，那些剛剛開始交往或熱戀中的男女，你看著那些男人極度壓抑著自己的煩躁，幫女人拍下一張又一張的照片，女人拿來檢查，說這張拍得不好，重來再重來。這一切又回到了羅馬競技場的鬼打牆，我告訴自己不要再犯下同樣的錯誤。我跟大個兒要了兩枚錢幣，許下了心中小小願望，順利的用右手從左肩拋出錢幣，完成了幾乎可以得到奧運滿分十分的標準動作，再請他幫我拍兩張照，「你怎麼拍都好，你拍的我都好喜歡」，我在顧全大局的前提下，演出了乖巧戲碼，瞬間擁擠人潮似乎成了熱烈喝采觀眾，一線之隔的感受轉變，其實都還是來自於自己的內心，拍照這事兒也好，人潮也好，許願也好，心煩意亂也罷，快樂歡欣也行，還不都是自找的。至於我許的願嘛，在那樣慌亂的場面下，我只記得許下了「他之後願意好好幫我拍照不生氣」的卑微願望，看來也不怎麼靈驗就是。

在許願池一役耗損了太多腦細胞之後，大個兒問我還要去真理之口（La Bocca della Verità）嗎，「一定也是這麼多

人喔！」他語氣試圖平緩的警告著我，我搖搖頭說算了，我累了，就去西班牙廣場晃晃，意思到了就好了吧。

要在一個忙碌、擁擠、興奮的城市保持內心的自在和平靜，真的是一件很不容易的事情，羅馬是一壺煮沸的開水，呼嚕呼嚕地不停滾著，你很難像在南法那樣悠閒地散步，總不自覺的加快了自己的腳步，放大了聲量，那是不同城市的感染力，入境隨俗成為了我們來到義大利最重要的功課。

繼續靠雙腳走著，除了人潮也稍微參考了 Google Map，隨著周邊漸漸出現了好多時尚精品旗艦店、大型連鎖商店，我們來到了西班牙廣場（Piazza di Spagna）。可想而知的，那座西班牙階梯上，就是像 Woody Allen（伍迪艾倫）的《愛上羅馬》（To Rome with Love）電影場景當中佈滿了人潮，走丟了就再也找不到彼此那樣。圍繞廣場周邊的名品店著實讓我興奮了一下，不過興奮卻也稍縱即逝的被周遭吵雜掩蓋，我跟路邊小販買了一包超大顆的糖炒栗子，大個兒買了一個冰淇淋，就這麼坐在破船噴泉邊上吃了起來，等待天色漸暗。

夜晚的羅馬稍微寧靜了些，看著那些美麗雕塑、噴泉、

建築打上了昏黃投射燈光，反而比白天更顯神秘動人。
在每天中餐的 Pizza、Pasta 的**轟**炸之下，我們決定慢慢的
走回飯店旁邊那家很道地的韓國烤肉店，這時候來一鍋
韓式泡菜火鍋，絕對是一整天疲憊的最好撫慰。

我有一個願望....

耐性大考驗─梵蒂岡

來到羅馬，不去梵蒂岡真的說不過去，雖然我倆不是虔誠教徒，更是每逛博物館一小時內就會頭昏的阿斗，但是來到羅馬，不去梵蒂岡還真是說不過去。

梵蒂岡，全世界最小的主權獨立國家，位於義大利羅馬境內的國中國，全球人口最少的國家，天主教最高權力機構聖座的所在地，一個好遙遠的名字，那個每年從電視轉播畫面上看到教宗出來揮揮手、為全球祈福的地方。

從羅馬到梵蒂岡，我們還是選擇了巴士，雖然地鐵省時方便又經濟實惠，但旅行時，如果在沒有時間壓力的狀況下，我們總喜歡搭巴士，在車上悠閒瀏覽城市風光，風景流曳成一幅從捲軸慢慢往前攤開的畫。

約莫三十分鐘，就抵達了熱鬧的梵蒂岡城，找一家門庭若市的義大利餐廳的戶外座椅，填飽了肚子，像是要面對即將來到的一場硬戰，摩拳擦掌地，往梵蒂岡博物館（Musei Vaticani）出發。

親身試過才知道，

走到了梵蒂岡博物館的入口處，我們當場成了迷途的羔羊，眼前洶湧人潮，頭頂著曬死人的炎熱陽光，周圍簇擁著許多拿著"No waiting/ Personal tour guide"牌子的導遊，纏著你咕嘟咕嘟的招攬著生意。大個兒說我們先來瞭解一下狀況好了，循著排隊人群尋找隊伍源頭，發現這條幾乎人龍超過百人，以龜速緩慢前進，喔原來這是博物館的大門口。繼續尋找售票口，也是循著另一條近百人隊伍往前找，喔原來售票口在這，即便我們自以為聰明的、聽從廣大網路背包客的建議，先在網路上預定好入場票卷，也還是得乖乖排在這條隊伍中取票。這個意思就是，我們必須先排完這條百人隊伍拿到門票，再排另一條更巨大的隊伍入場，粗估起來差不多要花個一兩個小時，才能剛好完成整個入場的儀式。正午十二點，萬里無雲的大晴天，毫無遮蔽物的廣場上，來自全球虔誠熱血、或如同我們僅是看熱鬧的觀光客們，在偌大廣場上，像螞蟻搬家那樣，列成了一條條整齊顯眼的黑線。如果是這樣，在接觸到所謂的神聖之前，應該就先中暑脫水昏厥了吧。

算了算了，花錢消災是旅行時候很重要的一種正面態度，我們回去找了一個看來親切的年輕印度裔導遊，從六十歐殺價到五十歐（門票原本是一人十五歐元），再三確認"No waiting in line"的定義，就與他達成協議。

反正這時候，價錢變成了無所謂的數字而已，誰能讓我們順利快速的入場，誰就是值得尊敬的大哥。

然後，你以為故事從此就有溫馨甜美的發展了嗎？那你可就大錯特錯了。

付了錢了之後，導遊開開心心的說 "Follow me this way ！" 我們邁著要去踏青的快樂步伐，跟著他一路往前走，如釋重負的心情幾乎要吹起口哨來了，走著走著，突然發現我們離身後的梵蒂岡博物館愈來愈遠、愈來愈遠，過了十五分鐘之後，他說 "We are almost there ！ We are heading to my office ！" 那時的我們，卡在一個不近也不遠的距離，回頭好像也已經太難，只好半信半疑地跟著他繼續走，那就像遇上了詐騙集團，到最後你會希望他捏造的那些荒誕謊言是真的一樣。

烈日下的三人疾行軍，手刀競走了三十分鐘之後，終於來到了導遊口中的辦公室，遠遠就看到一群一群像我們這樣的凱子阿呆被帶來集合。搞懂之後，才發現這位印度裔青年應該是業務人員，在廣場那邊招攬到客人之後，統一帶來辦公室集合，然後在辦公室等待他們集結了約莫二十個人左右，再由另一位導遊帶領所有人前往梵蒂岡博物館（說好的 Personal 呢？！我當場想要鬧事了）。就這樣來來回回又再花了三十分鐘，早已滿身大

汗的，我們終於如願以償、不用排隊的跟著導遊進去了梵蒂岡博物館。

進了博物館，導遊發了一人一支無線導覽器（所以這是所謂的 Personal 嗎？！），從入口開始，他百般無聊的、機械式的講解著每一個值得觀賞的藝術作品，他應該熟悉到閉上眼睛都會背了，語氣平到像是蒙古一望無際的大草原那麼平，一點都沒有興奮感。一開始我們乖乖的跟著，硬是翻越了洶湧人潮，死命的跟著我們的導遊，後來的後來，就像電影《滾滾紅塵》當中，林青霞和秦漢在火車站被人群不得已的沖散了的那樣，我們也漸漸與導遊以及那群同團的走散了，眼看著他們消失在遠方盡頭，卻也無力跟上。

感覺上已經耗盡了全身的精氣神，我們幾乎不用移動自己的腳步，跟著人群最貼身的推擠，就可以自動往前移動，像是罐頭工廠輸送帶上的火腿肉，不斷的、無意識的往前移動。這讓我想到小時候看的聊齋之類的故事，沒有靈魂的身體一個挨著一個，準備要走過擁擠的奈何橋，不知前方是不是有孟婆湯，等著洗去我們今生的記憶。

好啦，其實梵蒂岡博物館裡面有太多很美的藝術品，壁畫、雕塑、布織畫等等，的確是充滿曠世鉅作的收藏，

但如同大個兒說的，「再美的藝術品、再虔誠的信仰，都經不起這樣的擁擠折磨」，我覺得快要不能呼吸，這時突然發現右邊有扇門，我提議，「我們從這逃走好不好？」

打開了門，外面是一整片讓心鬆開來了的寬廣綠色草坪，旁邊有個小小的咖啡館，我們好開心的逃離了塵世，點了杯咖啡，坐在木頭椅子上，享受著偷得浮生半日閒的小確幸。喝完咖啡，曬曬太陽，四處走走，順便找找出路，好的，很殘酷的現實又再度像阿里山神木一樣霸氣的橫躺在我們面前。

這裡並沒有任何可以走出去的出口！！！！！梵蒂岡博物館是一座只進不出的城堡，它只有一個入口，同時也只有一個出口！！！！一旦你選擇踏入了這座偉大的建築，你就必須完成所有的旅程，這不是讓你「說來就來，說走就走，一票玩到底」的八仙樂園，就算你看到了大片的綠色草原，那也只是讓你喘口氣的假象，這是一場考驗著你的耐力跟毅力的生存遊戲，沒有人可以從梵蒂岡博物館的半途逃出去！！！

近乎絕望的，我們拖著沉重的步伐，繼續回到博物館的參觀軌道上，我覺得自己根本就是魚缸裡的金魚，一度以為游出了被限制的世界，事實上卻是在不斷撞牆。

既然沒有其他出路，那就耐著性子逛完這個地方吧，心態從煩躁、抗拒、抓狂到全盤接受，內心戲演得比馬景濤咬破嘴唇還要激動。

接受了也好，我們平心靜氣的繼續擠在人群中前進，我們開始笑了，大個兒說，「這實在是太荒謬了！怎麼可以擠成這樣！你看你看！實在是太荒謬了！」我哈哈哈哈哈不停大笑，梅超風那種快要瘋狂的大笑。

好像走了一世紀那麼久，我們終於來到了梵蒂岡博物館的終點站，也是所有人此行最想看的西斯汀大教堂（Sistine Chapel）。西斯汀大教堂最有名的，就是米開朗基羅（Michelangelo）所繪的「創世紀（Genesis）」巨型穹頂畫，以及「最後的審判（Last Judgement）」壁畫，除此之外還有很多名家如波提且利（Sandro Botticelli）的畫作，同時也是樞機主教團舉辦選舉新教宗的地點。

為了保存壁畫的完整，不受燈光溫度以及空氣溼度的影響，教堂內其實是光線非常昏暗的，我抬頭吃力的仔細看著「創世紀」和牆上的「最後的審判」，那栩栩如生的人物神像好像 3D 立體的浮現了出來，三層樓高的巨大弧形穹頂畫像是小時候所仰望的天空，總想像著神仙就住在那一朵一朵白雲上面，而現在這些想像都實際發生在眼前，這不愧是這世界上最偉大的傑作，筆墨難以

形容的震撼，無須達文西密碼般試圖解開米開朗基羅在畫中的符號，單純看著，就非常感動。

但這樣的感動不久之後又再度被荒謬取代了。

從進入西斯汀大教堂之前，就可以看到斗大的標語 "NO PHOTO"、"KEEP QUIET"，於是踏進教堂那一刻，你好像直接從一個吵雜的菜市場，進入了一個真空無聲的空間，神聖而不可侵犯。但是，可想而知的，在滿滿的人群當中，一定會有忍不住發出聲音的人（哭鬧的小孩或是太過興奮的觀光客之類的），以及族繁不及備載的、想要偷偷拍照的人，於是，教堂內配備了約莫七、八位全副武裝的教廷警察，不斷大聲兇惡的喝斥"NO PHOTO！！！"以及此起彼落的 "SHHHH！！！！"，警察們就像打地鼠一樣，誰拿出了相機就跑到誰的身邊大聲喝斥，就只差沒把手中的棒子朝頭上搥下，他們睜大了老鷹一般犀利的眼睛，不斷掃射滿坑滿谷的人群，但觀光客們也如同調皮的孩子般，不死心的想要見縫插針，跟警察玩起了捉迷藏的遊戲，一拿起相機就偷拍，警察看右邊，左邊的人就拍照，閃光燈還是從四面八方不停閃爍。你追我躲，好不開心。

就這樣，在這麼神聖的西斯汀大教堂，"NO PHOTO！！！"

以及 "SHHHH！！！" 竟是深印在我腦海中最荒謬的
印象。

結束了一天的梵蒂岡之行，花了三、四個小時，才好不
容易終於走出了那扇唯一的出口大門，看著門外依舊燦
爛的藍天，我突然感覺呼吸到自由空氣的珍貴。轉頭看
看周圍的旅客，每個人都跟我們一樣，看起來像是打了
一場惡仗那樣的狼狽，並且筋疲力盡。

門口有群老外，大聲揶揄的模仿著警察 "NO
PHOTO！！！NO PHOTO！！！" 的語氣，我們笑了，
感同身受的笑了。

如果你問我，梵蒂岡到底該不該去看看？我一定會說，
你還是得去開開眼界。這絕對不是惡作劇的看好戲心
態，而是這座博物館以及西斯汀大教堂裡，真的有太多
值得一看的珍貴藝術品，只是，你必須做好萬全心理
準備，防曬的工具不要忘記，準備好跑馬拉松的體力，
和一顆隨遇而安並且平靜的心。

畢竟，翻遍了所有旅遊書籍，從來沒人告訴過我們，來
這個地方最需要的，除了虔誠信仰和藝術敏銳度之外，
其實是耐性和毅力啊。

托斯卡尼豔陽下

三天的羅馬加上梵蒂岡，幾乎已經達到此行最緊繃的心理狀態，雖說心裡一直很清楚，旅行總是包括了「放鬆」跟「充電」的不同部分，在安排行程時，也會盡量穿插不同功能的城市來調劑身心，但久違了的城市忙碌步調，還真讓我們短期間無法適應。

太好了，今天，我們就要從羅馬租車，再度奔馳在寬廣的大馬路，往鄉村風情的藍天白雲前進了，是的，托斯卡尼，我們來了。

會認識托斯卡尼這個名字，是來自於《托斯卡尼豔陽下》（Under the Tuscan Sun）這部電影，戲中主角—離婚的 35 歲作家法蘭西斯，因緣際會的從舊金山搬到了托斯卡尼的老別墅中，展開人生全新的扉頁。在她的眼中，托斯卡尼有最豔麗的陽光、最完整的星空、豐美的果園，以及源源不絕的驚喜。

其實托斯卡尼這個名字代表了義大利的一個大區，甚至有人說它是義大利最美的一區，首府是佛羅倫斯

烹飪也成了
幸福生活的必備條件

（Firenze），也包含了許多著名的熱門旅遊景點像是西恩納（Siena）、比薩（Pisa，沒錯就是比薩斜塔的那個比薩）、盧卡（Lucca）等省份。托斯卡尼也是義大利文藝復興的發源地，像是達文西（Leonardo di ser Piero da Vinci）、米開朗基羅和但丁（Dante Alighieri），都是出生於此。

但是基於前幾天的、馬不停蹄的文藝復興大洗禮之後，我們現在需要的是豔陽，別再文藝復興了好嗎。

真的是這樣的，走到了此趟旅程三分之二的時間左右，發現了一個「如果沒有旅行那麼久絕對不會發現」的狀況，那就是——儘管在這世界上有數不清的人文歷史古蹟建築藝術，這些由人類所建造出來的壯觀偉大，卻終究都還是會看膩的，管他再怎麼美，也都是會膩的，而唯一看不膩的，到底是美好的大自然——每一秒鐘都在變幻的天空，每一片顏色不同的青山綠水，每一天漸層光暈不同的夕陽，每一片努力生長的樹葉，每一朵嬌媚盛開的花兒，每一夜閃耀的星空。大自然就像是一幅隨時包圍著你、不停變換著姿態的寫意畫，只要你願意停下腳步，隨時隨地都可以欣賞這樣的美好，免費而無價。

從羅馬一路向北開，駛上了高速公路，往我們預定的民

宿— Casa Vita 前進，這民宿位於西恩納（Siena）的附近，剛好是羅馬與佛羅倫斯的中間。我覺得 Sienna 這名字好美，可能是因為徐曉晰可愛的女兒也叫做 Sienna，多了一些熟悉感覺。徐曉晰是個很酷的媽媽，從沒想過愛好自由的她，當了母親會有如此巨大的正面轉變，她用新一代的方式教導她的一兒一女，兩個孩子都可愛的要命。我想去 Siena，然後告訴曉晰，我來到她女兒的地盤了，希望有一天，如果我也成為了一位母親，可以像她一樣，繼續擁有美好生活。

假如說在法國大家開車都很快的話，那麼在義大利，應該就是用飛快來形容了。高速公路成了賽車場，各式高低音頻的引擎聲從耳邊呼嘯而過，害怕速度的我緊張到全身緊繃，愛好速度的大個兒握緊了方向盤，油門重重踩下，怡然自得的享受著駕馭的樂趣。

看到 Siena 的路標，下了交流道，這次學乖了，不再瞎闖亂開，把車子停在路邊，輸入了民宿的經緯度，對，就是要那麼精密，什麼路名巷名門牌號碼到了鄉間根本是裝飾作用，輸入經緯度才是最精準的方式。

跟著導航悅耳的人聲導引繼續開著，每條她指引我們的路都很像是在開玩笑，因為有的已經不能算是「道路」了，頂多可以用「林道」來形容，從兩棵大樹當中硬是

挖出了一條泥巴路，坑坑巴巴的路面絕對會讓你以為自己不小心進入了叢林越野拉力賽（Rally）的跑道，但也沒別的選擇只好跟著走，走著走著，爬上了一條陡峭的小土坡，我們的民宿終於出現，Casa Vita！

首先看到的也是一片翠綠如畫的大草原，各色的小花隨意四處綻放，有一隻可愛的馬兒被圈在大樹上，兩棟石頭外牆砌成的房子，一隻黑白花的小狗像是管家一樣急呼呼的跑到我們身旁，東聞西聞的確認著這異鄉訪客們的身份。可愛的是，幾乎此行每一家民宿都養了一隻黑白花的俏皮小狗，是機率還是緣份呢？

我倆可不可以在這裡慢慢的老去？

民宿主人也是一對三十幾歲的年輕夫妻，領著我們來到
我們的家。

這個民宿完全如同我的想像，門前一個戶外的小花園，
一張陽傘和兩張藤椅可以盡享豔陽日光浴，進門後，一
個設備齊全的開放式廚房和餐廳，廚房正對西邊，可以
看著浪漫夕陽準備晚餐，一間舒適浪漫全白臥房和乾淨
衛浴，昏黃的燈光、柔和的色調，完全就是旅行時候最
理想的家的狀態，不多也不少。

我開心極了，腦子裡盤算著該去超市採買什麼食材，這
兩天是該來好好大展一下身手了。真的不記得從什麼時
候開始的，烹飪也成了幸福生活的必備條件，對於一個
很溫馨完備的廚房的滿足度，已經幾乎要超越一個豪華
的衣帽間了。我喜歡窩在廚房東搞西搞的，放點音樂，
給自己倒杯白酒，有時候一天就這麼過去了，也許是因
為笨手笨腳花了加倍的時間，但看到大個兒滿心歡喜、
大口嚼嚼嚼著我做的飯菜，那樣的幸福也是無可取代。

於是開車直奔山下超市，我們失控地買了一輩子都吃不
完的食物和葡萄酒。

爽就爽，
放肆享受一下會死喔！

托斯卡尼的金鐘獎

隔天早早起床，邋里邋遢的、半夢半醒的邊沐浴在溫暖陽光下，邊傻傻的吃著民宿主人為我們準備的早餐。

這時，大個兒的電話像是發了瘋似的一通接著一通響起，出來旅行這麼久，幾乎再也沒接到幾通台灣的電話，這時，我們都嗅到了一絲不一樣的氣氛。我打開手機，反正近年來要瞭解什麼時事也好、朋友動態也好，只要連上 Facebook，幾乎能知天下事了。

天哪，大個兒製作的節目—「超級模王大道」雙料入圍金鐘獎最佳綜藝節目與最佳主持人獎了！！

抬頭看看正在接電話的大個兒，他的嘴笑著裂到了耳朵，滿嘴冠冕堂皇的官腔回答著記者隔海的訪問，壓抑著內心的興奮激動。算了，他永遠不會承認自己當時很興奮，他老是自豪著自己是一個情緒相當平穩的人，「我沒什麼大悲或大喜，就一點點而已。」他老是這麼說。對於我這麼情緒化、每天都在坐雲霄飛車的人來說，還真難體會怎麼會有這種人，一度我也以為他只是

覺得這樣比較酷而已，但日子久了，發現他還真是這樣，有意或無意的，讓自己保持在一個穩定的情緒狀態當中，雖然我常常抱怨這樣的他很無聊，什麼都還好還好，都要差不多先生了，一點興奮感都沒有，但是轉念一想，也許就是這種我所缺少的平穩特質吸引了我、補全了我，讓我的雲霄飛車現在進化成了海盜船的程度，還是上下起伏但沒那麼劇烈了。

管他多麼鎮定，我可是很興奮，我拉著他的手在院子又跳又叫的，差點就要熱淚盈眶了。看著他在這個節目的草創初期，獨排眾議的選擇了很久沒回到台灣市場的歐弟、第一次主持大型綜藝的莎莎當主持人，要用一堆素人參賽者來力抗黃金時段的大牌雲集，每天都焦頭爛額地跟同事們想著怎麼可以讓節目更精彩，把每一個參賽者的能耐發揮到極致，我老是佩服他工作時候的幹勁，好像一開始工作，其他事情都隱形了那樣，當然其中也包括我。我可是忍辱負重的扮演著最體諒的支持者，他忙碌時不吵不鬧自己找事做，每天三更半夜回家時為他準備宵夜，節目播出時準時乖乖坐在電視前面哈哈大笑，這麼不喜歡看電視的我竟然選擇了做節目的另一半，也是一種宿命的面對。這一路的辛苦，不只這個節目，他對工作的熱忱和付出，同事團隊們日以繼夜的拼命，在這時刻，好像終於有了點意義。

電視幕後人真的很辛苦啊，這是我認識大個兒以後才深刻瞭解的事情。雖然自己在娛樂這行也算不短的時間，但我總覺得自己是個邊緣份子，就是一腳踏進去混口飯吃，吃飽了又不急不徐的把腳抽出來，來來回回的練成了伸縮自如的彈簧腿。但他們做幕後的不一樣，跟辛苦不成比例的薪水，幾乎沒有休假的焚膏繼晷，若是沒有滿腔的熱情，真的很難撐得下去，我很尊敬他們，甚至到了崇拜的境界，每一個成就「娛樂他人」這回事的小螺絲釘和他們的家人，都是真正的幕後英雄。

接到电話，你笑得開心，
這画面好美 ♡

果然，「我其實還好啦，又不是我的功勞，而且入圍而已，又不一定會得獎。」他果然這麼說了。我翻了一個大白眼，人生幹嘛總要留後路，幹嘛要想那麼周全，現在開心就好好開心啊，爽就爽，放肆享受一下會死喔！

我開始計劃著今天晚上我們要自己開瓶香檳、下廚煮個兩人的慶功晚宴，之後到米蘭的時候要買套新的西裝皮鞋，喔還要買一個 Lanvin 的啾啾領結，我已經想像到了他走上台領獎的時候會有多麼帥氣，然後我會有多麼感動，還有所有的一切一切。我是 Drama Queen 我承認，而且我從不壓抑奔放的情緒，就讓情緒佔領我吧，我甘之如飴。

恭喜你，親愛的。

（後來大個兒的確以「超級模王大道」拿下了第四十七屆電視金鐘獎的最佳綜藝節目獎，以製作人的身份代表全體領獎，他穿上了我們在米蘭買的西裝，梳了個帥氣髮型，在台上大聲沉穩的唸出了他工作團隊當中每一個人的名字，感謝他們的付出以及家人們對這份工作的諒解支持。好啦，他也有說，「謝謝我的老婆，路嘉怡小姐。」，我整個要感動地飛上天了。）

關於生命的一堂課

在民宿混了一、兩天的小日子後，我們今天要去西恩納
城看看了。其實說真的沒什麼特別期待，經過這麼長時
間的旅行，看過了那麼多古鎮山城，心裡大概有個底，
這些地方差不多是長那個樣子的－古城外有個四面高
聳城牆，進去了之後，古城裡一定有個大廣場，周遭餐
廳咖啡廳林立，廣場上一定有一座旋轉木馬，廣場邊上
有個大教堂或是類似古蹟城堡，沿著周邊就是一些觀光
紀念品店，差不多就是這幅景象。

西恩納城內有個形似大貝殼而被喚作貝殼廣場的地
方－康波廣場（Piazza del Campo），它是歐洲最大的中世
紀廣場，也是一年一度傳統熱鬧的西恩納賽馬節[7]（Palio
di Siena）舉辦的場地。圍繞廣場周邊有市政廳、鐘樓以
及融合羅馬與歌德式建築特色的西恩納大教堂（Duomo

---

[7] 西恩納賽馬節於每年 7 月 2 日和 8 月 16 日舉行，是一項環繞
田野廣場進行的傳統賽馬競技，每年都吸引大量的觀眾至西
恩納城觀賞。

di Siena）（你看是不是？）我在那兒開心拍著照，大個兒說：「回台灣以後，你確定你分得出來你拍的教堂哪間是哪間嗎？」，我假裝沒有聽到，有時候他真不愧是貨真價實的掃興王。

我們在那裡找了家餐廳坐下，點了酒和食物，一邊享受午餐，一邊欣賞著來來去去的人潮，充滿異國風情的街景，現在的我們卻是有點無動於衷，是習慣了還是厭倦了呢？

記得我跟大個兒剛剛開始交往的時候，濃情蜜意的，每天都有說不完的情話綿綿，有一次到了一家餐廳，看到了隔壁桌一對中年夫妻，從開始用餐到結束，全程兩人交談不超過五句，當時大個兒問我，「如果我們有一天變成這樣，都不講話了，怎麼辦？」，那時我想都沒想就說，「才不可能呢！我們才不會這樣子呢！我們一輩子都會有說不完的話的。」

習慣跟厭倦真的是雙胞胎兄弟，他們長得很像，或是說對於外人看來很類似，但是本質上又有著天差地遠的相異。習慣是一種安全感，那種我們什麼話都不用解釋的心靈相通，而厭倦，就是我再也不想跟你說話的全然疲憊。我總是提醒著自己，不要忘記那樣初識的悸動，

即便現在很熟悉了，還是不斷練習著每次見面的話題和
笑容，我想要你永遠像剛認識那時的為我著迷，如同我
也一直這樣對待著你。

吃完中飯之後，我們驅車前往民宿主人幫我們預訂好的
葡萄酒莊一日遊，據說同行的還有那兩位住在同一個民
宿，卻未曾謀面的一對瑞士先生與波蘭太太的夫妻。

再度開車開到一個鳥不生蛋的地方，沿途出現的豐碩葡
萄園肯定著我們沒走錯方向。托斯卡尼是義大利的葡萄
酒重鎮，上下起伏的片片丘陵上，常見著結實纍纍的葡
萄樹，點綴成了或紅或綠的美麗拼布，我想起那件我
穿去瑞士大獲好評的拼布裙，那是屬於我心中的浪漫，
粗糙棉質甚至有點褪色的方塊拼布，大大的裙襬在地
上掃啊掃的，好像想把腳下所踩的這片土地的生命力，
全部收進裙子裡，打包然後帶回家。

到達酒莊之後，見到了老闆娘，她就是典型的義大利媽
媽的樣子，捲捲隨性的髮型，立體深邃如同雕像般的五
官，有點中廣福態的身材，熱情爽朗的聲音。她領著我
們一行四人，開始參觀佔地極廣的葡萄園。她說這片葡
萄園是家族事業，從祖父那代開始，世代兒女都把所有
心力投入在這裡，她解釋了不同品種的葡萄，不同時間

的熟成差別，以及一直堅持有機栽種的原因。對待這些葡萄，她真的就像對待自己的孩子一樣，看著她講到葡萄眼神閃閃發光的樣子，她低頭撫摸一顆顆像紫水晶的葡萄的溫柔模樣，充滿了母性的光輝。

就像前陣子聽朋友聊到「植物療癒」的這回事兒，我是真心相信著，人跟植物之間的靈性溝通，畢竟在這萬物皆有靈的世界上，有太多聽來荒謬、實則真切的故事，讓我們透過一次又一次的機會，學習與萬物相處的互信互重。我確實會對家裡養的那株白水木講話，忘了澆水時跟她誠懇道歉並解釋，她垂頭喪氣時給她加油鼓勵，雖然她不會回話，但隔天她再度抬起頭、挺起胸的模樣，已經是最好且友善的回答了。如果你尊重萬物，萬物就會回報予你，這是宇宙運行的法則，希望我們沒有發現得太晚。

所以，那些用滿滿的愛栽種出來的葡萄，釀造出來的葡萄酒也必定是滿滿的愛，義大利媽媽也這麼說。

之後我們也參觀了葡萄從去皮、去籽、成汁，而後放入釀酒橡木桶的流程。有個帥氣的年輕人，就是很像義大利足球員那樣的帥氣程度，他手拿著西遊記當中豬八戒專用的那種三爪耙子，在簡易機器中不斷翻攪著那一串

串的葡萄，讓葡萄可以輕易的脫落、顆顆分明的掉入機器的擠壓當中，進而萃取出濃厚汁液。陽光照射之下，他的身形成了黑色的剪影，似乎流下了黑色的汗滴，充滿張力的昆汀‧塔倫提諾（Quentin Tarantino）的美學。義大利媽媽說，他是來短期打工渡假的，就住在葡萄酒莊裡，「在葡萄採收季節有很多這樣的工作空缺，如果你們要留下來也歡迎喔！」腦中閃過一絲想一口答應的念頭，好險隨即冷靜下來。

接著，我們在酒莊的一棵大樹下，開始了我最期待的品酒活動，義大利媽媽拿出了六瓶紅白酒，告訴我們它們不同的血統和釀造時間，年輕的酒喝來帶有清淡果香但澀口難入喉，釀造多時的酒喝來純粹厚重、濃郁香醇的味道要在口中與唾液中和一會兒才漸漸滿溢開來，「就跟女人一樣，愈醇愈香啊！」我很不要臉的表達了身為一枚老妹的驕傲，竟獲得波蘭太太的大力讚賞，她睜大了眼睛，說：「你說得真好！乾杯！」

打開了話匣子，幾杯紅白酒下肚，我們的英文流利的像是剛上完油的腳踏車鏈條，台灣先生、台灣太太、瑞士先生、波蘭太太、義大利媽媽、義大利爸爸六人敞開了心胸、大聊特聊的，話題從葡萄酒到彼此的工作、各國文化差異，甚至還聊到了家庭觀念、與父母的相處等等

在托斯卡尼艷陽下，默感謝著
生命中所有的美好

聽來些微隱私的話題。

在世界的這個隱密角落，幾個可能一輩子只會碰面一次的人，就這麼放心地，把心裡那些也許平時不想告訴別人的話，都說了出來，那是一種旅行中可遇不可求的珍貴樹洞，秘密就隨著彼此的交錯而留在空氣中了，沒有誰會造成誰的負擔。

是呀，兩人真空式的長時間旅行，一天二十四個小時當中，除了上廁所以外，幾乎都是膩在一起的，說話的對象也只有你和我，偶爾頂多在餐廳點菜或是買東西時，可以跟別人有短暫的交談，也都是三兩句例行公事而已。想著我倆其實是很依賴朋友的，好久沒有跟那票每週都要見好幾次面的朋友瞎哈拉了，講些沒有意義的話，其實很想念朋友圍繞的感覺。

在酒精的催化下，好不容易輕鬆愉快的交了兩個朋友，我們開心的喝到天荒地老，買了一箱一箱的酒，在當場也是一瓶一瓶的開，直到傍晚時分，義大利媽媽客氣委婉地說，「晚上我們有個重要的家族聚餐，可能不能再留你們在這兒了！」「我們也可以一起參加喲！呵呵呵呵呵…」稍有酒意的我們開始有點想鬧事了，不過最終還是被禮貌的請出了酒莊。

於是我們開始了非常台灣式的續攤，我們去了鎮上的一家義大利餐廳，酒繼續一瓶一瓶的開，波蘭太太說波蘭女人都很會喝、瑞士先生太拘謹了真無聊，我說台灣女人也很會喝、台灣先生也很愛管閒事最煩了，兩位先生相視無奈地笑著，天南地北地聊著喝著，把酒言歡，根本搞不清楚自己最後到底是怎麼回家的。

直到第二天早上從床上驚醒，努力回想著昨晚荒誕卻開心的過程，喔對了，我記得有答應要請他們喝我做的 "Chinese Style Clear Soup"，一切應該是從大個兒姓「湯」開始聊起，講到了來歐洲喝到的湯都是濃湯，不合口味，我才毛遂自薦說我是天才小廚娘，明天煮湯請你們一起來喝。

推開房門，看到瑞士先生一人坐在院子的躺椅上眺望著遠方，他的背影讓人有種不敢打擾的肅穆，我走去他們的房門口，遇上了波蘭太太，她小小聲地告訴我，「今天一早我們得知了一個壞消息，他的父親很意外的突然過世了，所以我們現在必須要提早結束假期，等會兒就要開車回去瑞士了。」

這一切就像是一個夢境般的令人無法置信，昨天瑞士先生還聊著他的爸爸，說他年紀大了有時不免令人擔心，

現在正考慮著要幫他們兩老找個健全的養老院或是在附近另找一個公寓就近照顧，聊到了瑞士很完整的社會醫療保險制度，至少減輕了不少負擔，所有昨夜他關於父親的煩惱，在今早卻變成了無法挽回的悲傷。

昨夜唏哩呼嚕大喝大笑的快樂男人，今天瞬間成了悲傷沉重的背影。

我還是端了一碗熱呼呼的羅宋湯給瑞士先生，我說，「喝碗熱湯會好些的」，他慢慢抬起了被眼淚洗過的雙眼，說了聲「謝謝！」

這是旅行，這也是人生，就像你永遠無法預期，下一秒鐘的世界長相，我們只能很盡力的、很努力的過好我們可以掌握的每一個當下。生命又給我們上了很嚴肅的一課，在托斯卡尼，豔陽下。

這是我的堅持，
很細微
很無聊的堅持。

佛羅倫斯幾乎去都沒去也沒關係|

離開 Casa Vita 這天，陽光耀眼，天空依舊湛藍。

好像已經很習慣快速的在一個新的城市攤開行李、擺出已經在這裡生活的姿態，而幾天後身手俐落的收拾打包行李，毫不拖泥帶水的繼續往下一站出發，就像 George Clooney（喬治‧克隆尼）的《Up in The Air》（型男飛行日誌）電影那樣，在不斷移動遷徙的過程中，我們早已有了自己的標準流程，不需大腦思考的一二三四五順序，不容許旁人打擾的精準節奏。就像常常往返兩岸工作的我們，也有著不同的登機習慣，要是任何一個流程被打亂了，心情就會顯得煩躁。我總是快速的通過行李檢查、入關，免稅店買好要帶去給朋友的禮品裝進登機箱裡，再去吃碗牛肉麵填飽肚子，上個廁所，有時間去喝杯咖啡、書店買本小說雜誌，最後再投幣 20 元買好一瓶礦泉水，然後快速的登機，起飛後呼呼一路大睡到目的地。大個兒老是對於「礦泉水」這個環節提出質疑，「在飛機上跟空姐要就有啦！」只有在小細節上勤儉持家的他，不懂為何我一定一定要花錢買瓶礦泉水，「我不想要在飛機上睡醒的當下那一秒，當我覺得喉嚨

嘴巴都乾到黏在一起的時候，我還需要等待別人拿水給我，我必須要立刻喝到水！」我說，這是我的堅持，很細微很無聊的堅持，卻是構成十足安全感的重要關鍵。

就如同大多數的情侶夫妻般，我們老是在這種雞毛蒜皮的小事上爭執，在時間就是金錢的現代社會，花了比一瓶 20 塊錢的礦泉水還珍貴好幾倍的時間來辯論著這件事。但好險的是，在大事情上我們卻一向是有志一同，譬如說，今天要去哪玩。

今天的臨時動議是，我們去佛羅倫斯（Firenze）附近的 Outlet 逛逛吧！

車子行駛在托斯卡尼的公路上，不斷起伏的小緩坡帶出了不一樣顏色的小丘陵，那跟普羅旺斯一望無際的寬闊平坦不太一樣，多了點驚喜的趣味，少了些相較於巨大下的渺小。約莫一個小時的時間，順著路標，我們來到了名為 THE MALL 的品牌 Outlet。

這個中型的 Outlet 裡面幾乎什麼品牌都有，GUCCI、BV、Giorgio Armani、Chloé、Balenciaga、Ferragamo、YSL、Lanvin 等等，甚至還有這幾年我倆很愛的羽絨外套品牌 Moncler，不像有些過季折扣店的一片雜亂無章，在這

裡，還是有一間間精品規格的品牌旗艦店，也許因為並非旺季，人潮也不會太多，我們輕鬆愜意地逛著，我買了一雙 Lanvin 的短靴、一件 Chloé 的洋裝，大個兒買了兩件 Lanvin 的襯衫，就這樣，我們非常克制的、沒有因為折扣低而胡亂瞎買的把信用卡乖乖收好，並且在餐廳享用完了有名的、比臉還要大的「佛羅倫斯大牛排」之後，繼續啟程上路，往佛羅倫斯前進。

到了佛羅倫斯，又是一片美麗的古城區。我們把車開去火車站附近的租車公司歸還，還有點時間，就徒步在附近繞繞走走。有的時候，這樣不具目的性的閒逛，反而比計劃性的觀光來得更能感受這個地方的氣氛，我們走過了市場、雜貨店，各式各樣的異國餐廳，逛到了幾家躲在巷子裡的 Select Shop，看到了真正在這裡生活的人的樣子，熱情而隨性，扯著嗓門在路邊聊著天。

難怪有人說義大利其實很像台灣，不僅氣候相似，就連那種聞起來很濃郁的人情味，在此刻也表露無遺。也只有在這樣遠離觀光客的小巷弄裡，才能真正窺見一個地方實際可愛動人之處。

下午三、四點的火車車廂，出乎意料的空曠，我們要去那個建築在水上的城市，威尼斯（Venezia）。

好浪漫的賊

前兩年跟朋友一起去旅行，我們搭上了從巴黎到阿姆斯特丹的火車，當時，我們很放心地把三個行李箱和大型背包全部放在車廂外的行李架上，在三、四個小時的旅程中，四人昏睡到唏哩呼嚕的，直到到站下車的時候，才發現朋友的大型後背包整個消失了，那個幾乎有五歲小孩大小的背包，它消失在行李架上了，消失在空中了，真正的憑空消失了。雖然在阿姆斯特丹的車站，我們還是很認真地尋找 Lost and Found 服務中心報失背包，但其實心裡都明白，那包包找回來的機率幾乎等於零，包包它自己去旅行了，而我們也第一次傻眼的見識到了所謂「行李不離身」的重要性（對，我的護照也是在那趟旅行中被扒走了，那是一次多舛到值得紀念的旅行）。

這回，在前往威尼斯的火車上，我們各帶了一個大的軟殼行李箱，還有一個隨身手提包，儘管困難重重，我們還是硬把行李扛上了頭頂上的置物架，這次再也不敢放在車廂外的置物架上了。我們虎視眈眈地盯著每一個經過我們身旁的人，心想，如果真有人要偷我們的行李，

筋疲力竭的同時，
竟也同時有種

他必須踩在我們身上才能構得到那個位置，再把手提包拉鍊謹慎拉好，緊緊抱在胸前，隨著火車駛動，伴隨著那規律的聲響，我倆又再次不爭氣地沉沉睡去了。

再次醒來的時候，行李包包都安然健在，窗外已經換上了不同景致。

火車是開在水上的！

在漸漸昏暗的天色中，我揉了揉朦朧的眼睛，不敢相信車窗外的汪洋一片。真的，火車真的是開在水上的，我大驚小怪的搖醒了大個兒，「你看你看，我們開在水面上，像船一樣」，我像孩子一樣的興奮著。當然火車不是「真的」開在水上，不過它看來是這樣的，應該就是火車軌道旁邊不遠處就是海，左右兩側都是，所以造成了這樣浪漫的錯覺。

所以這就是名符其實的水都，浪漫之都，威尼斯。

到威尼斯車站的時候，天已經完全黑了，我們拖著隨著旅程時間日益笨重的行李箱，跟著人潮往出站方向走，中途看到幾個警察圍繞著一個滿臉絕望淚水的觀光客，側耳一聽，才知道原來是他所有的行李、隨身物品在一

不注意的狀況下，全被偷走了，警察仔細盤問著所有細節，我無法想像要是遇上這樣的情況我該怎麼辦，而真實的情況是，每天不知有多少這樣的旅人，在原本應該快樂的旅程中，一切歸零的回到了什麼都沒有的原點。

走出車站的時候，一片空蕩蕩的，連平常總要排上好久的自動購票機，也都乏人問津。「那我們先來買去米蘭的車票好了！」大個兒這麼提議著，趁著沒人等待，我們可以慢慢地、仔細的選好班次，甚至是勾選行李架旁邊的黃金座位[8]，他在前頭按著售票機的觸控螢幕，我在他屁股後湊著頭盯著，拖著把手，就把行李箱立在我的右方身後，隨身皮包也就順勢掛在拉桿上。

隔了三、五分鐘，開始有人排在我們的隊伍後面了，幾個包著花花綠綠頭巾的中年女人，說著我聽不懂的語言，我警戒的回頭看了她們兩眼，她們大概有五、六個人，個子都小小的，皮膚黑黑的，有幾個長得美麗，眼波流轉著嬌媚，也都像我一樣，側著頭往螢幕那兒看

---

[8] 秉持著行李不離開視線的安全原則，在火車上緊臨著行李架（通常是第一排或是最後一排）的座位，即是我們口中的「黃金座位」。

去，好像心急著不知道該怎麼透過這複雜的流程買票、正在努力研究那樣。

大個兒顧著一頁往下頁按著，「這樣對不對？」「那我選這兩個座位好了？」他不停的跟我討論著，我也全神貫注地研究著那頁面的說明，「可以啊！」「誒？不對，你要回上一頁選另一個選項！」在回答他的問題的同時，我也不時回頭盯著後面的頭巾婦與我的行李之間的安全距離。

我覺得她們好像以每分鐘前進一公分的分速在靠近著我，我一回頭，她們又會往後退一小步，若有似無的跟我跳著探戈，大個兒仍然有很多的問題同時跟我討論著。

再次回頭的時候，我突然發現頭巾婦以她身體的重量和她的包包（對，她自己的包包）輕輕倚靠在我的行李上，也自然而然地壓住了我的手提皮包。

說時遲那時快，我手一扯，把我掛在拉桿上、垂在行李外側的皮包，從我的行李和她的包包中間，很用力的扯了出來，低頭一看，原本拉到底的拉鍊已經被拉開了三分之二，伸手一掏，包內的五樣東西一樣都沒少，我繼

續惡狠狠地盯著她們，這一切發生的太快，幾乎是五秒之間發生的事，我連罵人都來不及，只能先確認自己到底有沒有丟了什麼。

在確認什麼都沒搞丟之後，我跟頭巾婦們有了將近十秒的對峙，空氣結了冰，我竟然什麼話都吐不出口，而她們依然像沒事人一樣，玩著手上叮叮咚咚的銅板，繼續左右探頭往前方購票機的螢幕看著，我想我的臉色一定是鐵青的。

故事急轉直下，過不了多久，她們嘰咕嘰咕的，態度上好像在講「算了，等好久，我們等會兒再來買吧！」，實際上應該是在說「啊，幹，被發現了，沒搞頭了，走吧走吧！」摸摸鼻子，她們瞬間鳥獸散去。

那完全是千鈞一髮的動作片情節，我連叫大個兒都來不及的緊迫，因為我根本連花個 0.1 秒呼喚他的空檔都沒有，我必須緊盯著她們，腎上腺素急速飆升，直到警報徹底解除。

「誒，我剛剛遇到一群扒手耶！」大個兒買完票之後，看到我驚魂未定的臉，感到不可置信。

這一切發生的太快，也結束的太快，在真實時間上應該頂多兩、三分鐘而已，對我而言，卻像是一世紀那麼久，筋疲力竭的同時，竟也同時有種劫後餘生的亢奮。

這浪漫的都市，從水中而來的路徑，追著夕陽跑的火車，頭巾婦頭上的花朵繽紛，她斜倚在我行李上的萬種風情，那叮咚響亮的銅板聲。

這浪漫的都市，我竟遇上了賊，卻又驚險的全身而退，那就姑且稱之，好浪漫的賊。

防扒偽裝術

因為前一年在巴黎旅行時，第一次發生被扒手以神乎其技的方式扒去護照的意外，所以，這次整趟蜜月旅行我都認命的在衣服下繫上了（以前老會笑說那麼笨究竟誰會帶）的貼身布面腰包，把護照、歐元大鈔和信用卡放在裡面，雖然每次買東西的時候都要上演撩起衣服、露出肚皮的愚蠢戲碼，但確實也顧不了面子至少要顧到裡子。

除此之外，為防遇上的不只是扒手甚或搶劫，我聽從常在歐洲旅行的朋友建議，準備了一個假皮夾，裡面塞了各國廉價紙鈔（朋友說搶匪通常匆忙，拿了皮包就閃，不會檢查裡面到底有多少錢，只要有厚厚紙鈔就好）、報廢的信用卡或其它塑膠卡片，以防真遇上搶匪時，不會因為不願交出皮包而激怒歹徒，只要把假皮夾交出來就可以趕快脫身。因此，我的隨身皮包裡面的物品很簡單好記，只有相機、假皮夾、化妝包、筆記本和手機，在那迫在眉睫之際，也得以冷靜檢查面對。我的結論是，不怕一萬，只怕萬一，寧可在旅行中做些看來愚蠢的準備，也不要被偷光光成了真的傻子。

跟著小兔子，
走進了
愛麗絲的夢遊世界。

威尼斯的浪漫魂

揮別了車站的驚魂記，一步出威尼斯的 Venezia St. Lucia 車站，空氣聞起來就不一樣，那是我熟悉的、喜愛的、海邊的香，好像一伸出舌頭，就會舔到鹹鹹的味道。回到大海的包圍，我感到平穩而安全。

車站外的路面濕濕的，應是海水拂掠的痕跡，車站外面有一整排的水上巴士站、水上計程車站，因為完全搞不清楚我們的飯店到底在哪一個島，腦細胞剛剛死了太多也不想去研究，我們直接跳上了一台水上計程車，把飯店地址給了司機，行李都搬了上去，司機啟動了噠噠噠噠的馬達，就往海上開去。所謂的水上計程車，就如同一般我們看到的小遊艇，就停在碼頭邊，一般是用喊價的方式計價，雖不便宜（30 ～ 40 歐元）卻是難得的體驗。

行駛在海面上，就如同在路面上的交通一樣，與很多其他小遊艇、大巴士（外型長得像巴士的船）擦身而過，海上有一根根的閃燈燈柱指引著船隻方向，我們漸漸駛離了威尼斯本島，船隻也漸漸稀少，眼前的大海暗

跟著小兔子，
走進了

最不義大利的義大利一
浪漫水都威尼斯

黑神秘，海風吹來有夏夜晚風的涼，大個兒過來摟著我的肩，我躺在他的身上，抬頭看到了好大顆的月亮，如果撇去船老闆不算，這世界好像只剩下我、大個兒和月亮。寧靜美好的夜色中，我想像著我們此刻正躺在海面上，隨波而逐流，在黑暗中只看得到月光映照下彼此的臉龐，如此溫柔的線條，那是這輩子永遠依戀的一幅畫。

威尼斯，妳點燃了我的浪漫魂，熱烈燃燒。

遠方的燈火把我帶回了現實世界，正前方是一個可愛的小島，上面好像有很多燈，有亮亮的建築物，隨著船慢慢駛近，我看到了逐漸清晰的招牌—San Clemente Palace Hotel& Resort。

長長的木頭碼頭上，有著穿著高貴黑白制服的旅館管家，他盡職的溫暖歡迎著我們，推著行李車，領著我們從碼頭邊的步道，走向這棟看來雄偉的飯店。突然，我停下了腳步，蹲下來定神一看，步道兩邊的草皮上，有好多放養的米黃色小兔子，好奇地睜著圓眼睛看著我們，此刻的他們，就像是愛麗絲夢遊仙境裡面的，那隻戴著懷錶的兔子一樣，似乎即將帶我們進入那奇幻的神秘洞穴當中，展開一生難忘的旅程。

這座古老的、半月形的 San Clemente 島開發於西元 1311
年，當時是作為宗教朝聖者和士兵前往聖地的中繼站，
用途是 "the recovery of the soul and spirit"（靈魂與精神的復
甦中心），現今的飯店渡假村原是修道院，在西元 1645
年重新整修後，仍然保留了建築內外的文藝復興風格與
島上超過三分之二的大片綠地。

當然，這些資訊都是我後來在飯店的官網得知的，正所
謂歪打正著，旅行了二十幾天，這時的我們，不就正需
要著靈魂與精神的療癒嗎？

而之所以會選擇這個飯店，是因為在網路上搜尋威尼斯
住宿地的時候，看到了所有位於本島聖馬可廣場（Piazza
San Marco）周邊的五星級、抑或四星級飯店都貴得要死，
動輒兩、三萬台幣一晚，房間看來擁擠狹小，飯店設施
也寥寥無幾，後來就逛到了這個離本島約 20 分鐘船程
的、一島一飯店的渡假村，旅客評價都非常高，房價雖
貴（一晚約一萬台幣出頭）卻感覺物超所值。想著我們
在西恩納的民宿算便宜的了，省下的錢，就讓自己豪華
一下好了，卻沒料到這不只是物質上的豪華，更是精神
與品味上的極致享受。

走進飯店，大廳的門廊應該至少有兩層樓的挑高，氣派

的大盞水晶燈間隔十公尺一盞，雪白發亮的大理石地板、雕花的門柱，金色花邊裝飾的木頭桌椅，走廊上華麗的藝術畫作，高聳豪邁的長長階梯，中間鋪上如同星光大道的深紅色點綴飯店金色標誌的長地毯。這所有的裝潢風格，只要有其中任何一項出現在朋友的家裡，一定會被大家笑死，就算當面稱讚也肯定在背後笑他有多麼土豪，笑到岔了氣。但是這一切，在這裡卻變得非常合理，在這樣的百年豪華建築當中，就是該有這些裝置，剛剛好而已，傳達了如貴族般的尊寵，原來奢華不一定要低調，如果是在感動人心的歷史當中。

房間內同樣溫馨舒適，挑高極高的天花板讓人呼吸起來都更順暢了，同樣巨大的木頭窗戶上端的圓弧形，像是小學生畫的房子外的窗，往外推開窗扇，聞到陣陣青草地的芬芳，Kingsize 的大床，柔軟而包覆，像是那個童話故事裡面，在多層床墊下藏了顆豆子都會發現的嬌貴公主睡的床，房內的水晶燈送出昏黃溫暖光芒，原來我們真的跟著兔子，走進了愛麗絲的夢遊世界。

於是繼續跟隨著這樣的美好，今晚先把信用卡帳單這回事拋諸腦後，我們要去飯店的義大利餐廳，享用我倆的浪漫燭光晚餐。

我們的浪漫
總是來自於那些
孩子氣的親暱。

迷路的風景才是美麗—威尼斯二|

好像一輩子沒睡得那麼好的那樣,在威尼斯飯店醒來的時候,我發現自己的嘴角帶著微笑。

吃了頓豐盛的早餐,趁著飄著雨的天,我換上了此行特別帶出門、卻因一路幾乎豔陽天而沒機會登場的民族風圖騰斗篷雨衣,斗篷飛呀飛地、氣勢磅礴的出場後,搭上了飯店的接駁船,往本島出發。

威尼斯本島一如想像中的人潮洶湧,所有的觀光客群聚在大名鼎鼎的聖馬可廣場(Piazza San Marco),約莫一萬平方米的超大面積中,一群群的鴿子在廣場上聚集低飛,一團團的旅行團在廣場上追逐著鴿子拍照,形成了有趣的畫面。聖馬可廣場上最醒目的當然就是聖馬可大教堂(Basilica Cattedrale Patriarcale di San Marco)了,這座集合了幾種包括拜占庭風格、古羅馬藝術、歌德建築風格、文藝復興藝術的大教堂,光是外形上的富麗堂皇,就比其它單一風格的教堂來得更加多姿多彩而饒富興味,在那兒晃了一圈,最後還是輸給了滿坑滿谷的遊客而止步了。

我們的浪漫
總是來自於那些

沿著廣場周遭是一家家有著露天座椅的餐廳和咖啡廳，人潮並沒有因為陰雨的天氣而變得稀少，我倆依照迅速躲避人潮的慣例，挑了條廣場周邊的小巷弄，就鑽了進去。

鑽進了小巷弄裡，果然是幽靜風景。似乎再度闖進了威尼斯人的生活風貌，看到依水而居的房子外的竹竿架上，掛著還來不及收進屋內的晾曬衣物，迎著風雨在空中強韌飄搖。房屋牆外的水漬刻痕，好像訴說著住在這個浪漫水都的真實生活，並不是真的如外人想像中的，那麼浪漫。

這座由 177 條水道、401 座橋樑，以舟相通的水上城市，的確顛覆了我們對城市的想像，家家戶戶門外水道上，停泊著或大或小、或豪華或簡陋的舟船，水路與陸路並行的交通方式，在我們看來的確異常新奇。於是繞了幾座橋，走了幾段崎嶇石板路之後，我們就跳上了一艘貢多拉船，來體會每位觀光客都讚不絕口的經驗（驚艷）。

貢多拉船（Gondola）是威尼斯最具代表性的傳統划船，每一艘都是全手工打造，船身全漆上了黑色，據說是因早期貴族們總是把所有的緞子、絲綢、精美雕刻裝飾於

226

貢多拉船上，來炫耀自己的財富地位，直至 16 世紀，威尼斯政府為了抑制奢靡風氣而下令所有船身必須漆成黑色，而沿用至今。貢多拉船為兩頭尖尖高翹而底部平板的月牙形船身，鉤嘴形的船頭是為了方便探索所有經過橋洞的高度，船夫會站在船尾划槳，讓旅客可以平順運行於威尼斯窄小水道當中。

跳上了貢多拉船，最大的興奮來自於我們轉換了遊歷威尼斯城的視覺角度，運行在水面上，船夫每一划槳，和緩的後座力讓身體微微後傾而回，晃晃悠悠，水面上的高度，大大低於陸地上的水平，我們抬起了頭，身邊掠過的矮房子也頓時顯得巨大。船行過別人家門口，我看到了爐子上在燉著的那鍋湯冒著煙，儘管是座被來自世界各地觀光客塞爆的城市，人們還是自顧自的進行著自己的美好生活。船夫操著幾乎聽不懂的義大利口音，熱情地介紹著兩旁的建築，這是誰誰誰的故居，以前這裡發生了什麼故事，我沒什麼留意，斜躺了下來，看到頂上的天空，被周圍建築切割成一條邊緣鋸齒狀的淺藍色緞帶。

我想到高中時候念的聖心女中，規定孩子們長髮過肩一定要綁成公主頭或是馬尾，然後一定要繫上學校統一販賣的淺藍色緞帶，在朝會時候，看見那青春正好的背

影，都搖曳著淺藍色的緞帶，隨風飄揚。我那天真美好的青春，依然停留在那個山上的家。

約莫四十分鐘的船程，我們在一個不知名的地方被放上了陸地，船夫給我們一個熱情的擁抱，雖然全程都沒聽到想像中應該出現的 "O So Lo Mio" 響亮歌聲，只好吵著讓身旁好歌喉的大個兒唱個幾句讓我過癮一下，他瞪了我一眼，卻還是依著我的意，硬是來了幾句帕華洛帝，「你就是喜歡整我！」他沒好氣的說，我哈哈大笑著往前奔去。

這一奔，奔向了迷路的前程。威尼斯是個不迷路才有鬼的地方，水道交叉蜿蜒於整個城市之中，一座座小橋引領人們走向不知名的未來，我們這一迷路，走經了杳無人煙的傳統市場，也走到了很像鄉下矸仔店的小雜貨舖，除了簡樸的生活用品之外，也有賣那種很眼熟的塑膠動物玩具，擦身而過的人從打扮入時的觀光客，變成了樸素布衣的當地人，小女孩拿著咬了一口的蘋果，睜著黑白分明的大眼珠盯著我們，然後害羞的一笑，他們臉上那種沒有被商業侵擾的純真表情，才是這地方最珍貴的資產。

走著走著，來到了一個有著小教堂的小廣場，廣場邊上

的餐廳點了個 Pizza 吃吃、喝了杯白酒，我們繞過了好
多名牌精品店，還有琳瑯滿目的面具店，卻一點兒也沒
有推門進去的衝動，可能是潛意識中想好好保留那純
樸威尼斯的景象吧！終於靠著地圖指引回到了碼頭邊，
天色已晚，搭船回家。

229

親愛的大叔，可否來首 O Solo Mio？

旅行的意義
不是打卡，而是真實擁有
自我的瞬間。

就像在馬爾地夫一般地渡假吧！——威尼斯三

威尼斯的第三天，我們說好哪兒也不去了，就待在這個美麗的世外桃源，好好放鬆享受。

基本上，就是把這 San Clemente Palace 當作馬爾地夫的一島一飯店來享受就對了，而事實上，所有的客觀環境也相去不遠。

我只去過一次馬爾地夫，那是一個很特殊又美好的旅遊經驗，一島一飯店的意思就是那幾天的假期當中，其實你除了在這飯店裡頭晃、用餐、在這飯店周遭沙灘海域玩之外，根本沒有其它任何的地方可以去，頭一兩天還新奇，後面幾天就會開始有點手足無措了。是呀，平時的我們總是太忙碌、太多事情要聽、要看、要玩，真要強迫你什麼都沒得向外發展的時候，反而是求諸於內己最好的時機，屏除了外在所有紛擾，才能真正靜下心來。於是那短短在馬爾地夫的時間，我花了一整天對著面前海景寫生，我每天吃完中飯都很認真的下了幾盤西洋棋，棋藝大增，每天晚餐休息後都會打上幾盤乒乓球，從完全不會到後來竟然可以殺球，我看完了帶去的兩本小說，並且深刻的思考，直到離開馬爾地夫，搭上

旅行的意義

了小飛機的時候，才對如此與自我真空相處感到非常依
依不捨而放聲大哭。

後來我告訴自己，一定要記得這樣的感覺，就算身處在
多麼混亂的狀態或環境之中，也要試著抽離自己的心
志，閉上眼睛，感受內在所賦予的美好，這是馬爾地夫
送給我的禮物，一生受用。

而來到威尼斯這個超乎預期舒適而自在的渡假村，又突
然有了那樣與紛擾世事隔絕的感受，四周一片無波瀾起
伏平靜的海面，一望無際療癒的綠色草皮，四處探頭的
小兔子，偌大的游泳池畔，只有三三兩兩在做日光浴的
老外，我倆一人抱著一本書慢慢讀著，曬著暖暖的太
陽，感覺全身毛細孔急呼呼的張了開來，要把這來自宇
宙的精華全都收進體內，讀著躺著，根本不用擔心時間
的睡去了。

醒來後，依舊慵懶，一起跑去做了預訂好的雙人 SPA，
之後碼頭邊的燭光晚餐，我的威尼斯，我的身心靈，就
此而平衡圓滿了。

如果下次你要去威尼斯，我一定強力推薦這座美好的渡
假村，你會了解，旅行的意義不是到各大觀光景點拍照
打卡而已，而是可以真實擁有自我的瞬間。

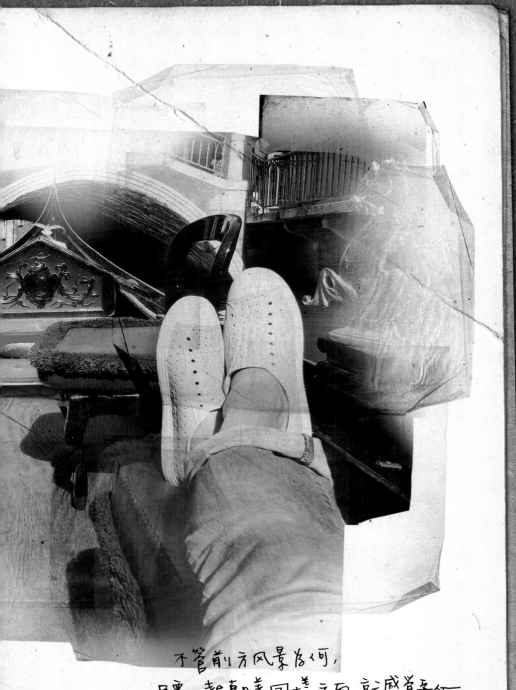

不管前方风景为何，
只要一起朝着同样方向，就感觉安心——

牽手走到
旅行最後的那個人，
修好了我。

Fix you 一米蘭

旅行了將近一個月，即將前進我們蜜月旅行的最後一站一米蘭（Milano）。

因為從來沒有這樣的機會，所以也很難想像，究竟旅行一個月的感覺到底是什麼呢？到底是不夠、不夠、永遠都不夠？還是有點累，或者會開始想家？

答案在旅行了二十天之後開始慢慢揭曉了。在二十天之後，其實身體跟心裡都有點疲勞了，少了那種想要去這兒去那兒的動力，反而想要緩緩的、悠閒的享受每一幅旅行的風景，這倒也不是件壞事。行李箱開開合合的動作變得機械化又充滿效率，果然熟能生巧就是這樣練出來的。每到了一個新的城市，少了些刺激感，多了些坦然無所謂，畢竟腳踏這片土地、呼吸這裡的空氣、仰望這片天空比什麼都來得重要。教堂看多了都大同小異，金髮碧眼也不再新奇，看來看去還是旁邊這張可愛面孔最百看不厭。而連續那麼多天密集相處卻從不會對彼此感到厭煩、反而更添親密的這個男人，看來要牽手一輩

牽手走到
旅行最後的那個

子應該不會是難事。

有點想念身旁那群瘋瘋癲癲的朋友倒是真的，有些掛念家人也是真的，旅行一個月的正面能量應該可以足夠我撐好一陣子了，回家休息幾個月，期待下次的出發，愛玩的我此刻這麼想著。

在計畫中，米蘭是採買所有自己想要的、餽贈親友禮物的目的地。本來列好自己想買的一長串購物清單，在此時拿出來竟覺得有些荒謬，是心態改變了吧，以前老覺得什麼都想要擁有—雜誌上的新包新鞋、櫥窗裡老向我招著手的新品上市、朋友買到的那件美麗衣裳…等等，都想要一網打盡的擁有。其實也只是想要「擁有」而已，會不會用到、穿到又是另一回事，好像只有看到滿櫃子的衣服鞋子包包就很有安全感，更覺得自我的存在才有了價值。老覺得是不是真的自己內心有個無底的慾望深淵，是怎麼填都填不滿的，不論看了多少心靈成長的書籍，聽了多少音樂，看多少電影，多用力的談了幾場戀愛，那個洞還是神秘的深似宇宙黑洞，一不小心又被捲了進去。

直到這次的旅行，沿途的體會中發現自己早已擁有了許

多許多，那樣逐漸滿足的感知，微小到自己幾乎沒有發現，直到抵達米蘭，發現原本好想買、好想要的東西現在都顯得不重要了，才開始認真回頭尋找自己康復的痕跡。

我跟大個兒說，「你知道 Coldplay 的歌我最喜歡哪一首嗎？」他瞎猜了幾首都沒猜中，我後來說，「是 Fix you」。

你把我修理好了，你知道嗎？就像是個原本四分五裂的洋娃娃，你幫我把手腳接上、頭髮梳好、五官緊緊縫回原本該有的位置，把破掉的洋裝貼上補丁，最後插上電源，那顆心臟終於開始繼續跳動。修好了外表之後，你馬不停蹄地開始修理我的內心，你讓我知道夢想是可以被實踐的，你讓我瞭解我的價值並不是任何物質可以取代的，你讓我相信就算每一天穿同一件衣服、拎個破布包也可以魅力四射，你讓我發現一整天不花一毛錢也可以很開心自在，你讓我放下了手機相機、不再需要向社群網路的朋友取暖，因為有了你，我就像是擁有了全世界，再也不用害怕擔心。

「你把我修好了！」在我體認到這個事實的時候，我無

比激動、雙眼含滿淚水的跟他坦誠告白。

「你很白痴耶！你又沒有壞掉！」大個兒在我的耳濡目染下，白眼翻得越來越到位了。

他就是這樣，我就喜歡這樣，從不隨著我的Drama起舞。但是他也許永遠不會了解，這些他覺得為了愛而去做的、稀鬆平常的事情，卻是填補我內心不安全感的最佳良藥。

不為所求的，他修好了我，而我，在滿滿的愛當中，痊癒了。

愛情的符號─維洛納|

蜜月旅行打從台北出發的第一趟長途飛行，在飛機上照例的睡了又醒、醒了又睡，打開機上視聽設備，像是在家那樣的胡亂地轉著頻道，突然看到了《給茱麗葉的信》（Letters to Juliet）這部電影，這幾年蠻喜歡的女演員Amanda Seyfried，她那雙充滿靈氣的大眼睛總是令人忍不住深陷，當時看著看著，進入了這部很切合蜜月主題的浪漫動人愛情片。

我一直很相信 Sign，就好像是生活周遭處處都充滿了關鍵提示，只要你用心去找去看，每天都像是一場設計精良的密室逃脫遊戲，當你解開了越多提示與謎題，就可以越快過關斬將，順利的把日子往前推移。困惑的時候，我可能會隨手去書架上拿本書，隨便翻出一頁，細讀那頁的文字，也許答案就在全然不相干的文字中出現了。或者，沒來由的去赴一場久未聯絡的朋友的約，雖然不帶任何期待或目的，但常常是有著意外的收穫。你要說是上帝、天使、神佛、指導靈都好，我就相信在我們的生活中，每一個時刻出現的人事物都是有原因的，差別在於我們的感知是否足夠敏銳，敏銳到不會錯

愛情永遠無法
用具體的形狀表現

過任何一個隱藏版的提示，並且篤定於這樣的感知而非愚婦般的疑神疑鬼。

看電影也是 Sign，很多次了，都在不了解劇情的狀況下挑了一部正好符合當下心境的電影，而後在其中獲得了自己想破頭也想不通的答案。特別是在飛機上那樣密閉的空間看電影，關在狹隘空間而壓縮出來的專注，讓情緒像根繃緊的弦，一觸即發的、毫不客氣的，正中紅心。

《給茱麗葉的信》的故事大致上說的是，一對新婚夫妻從紐約飛到羅密歐與茱麗葉的故事發生地—義大利的維洛納（Verona）來度蜜月，太太蘇菲隻身跑去了茱麗葉的故居，發現這裡有一群自稱「茱麗葉秘書」的婦女志工，專門以茱麗葉的名義，回信給遠從世界各地、真如雪片般飛來的寫給茱麗葉的信，蘇菲偶然看到了一封五十年前寄來的信，於是下定決心要回信給這個女生，幫助她一起尋覓人生的真愛，在這同時，也意外的為自己撰寫了一個勇敢追愛的美好故事。

事實上，羅密歐與茱麗葉這淒美動人的愛情倫理大悲劇，根本就是莎士比亞杜撰出來的，故事背景就發生在這有著「愛之城」稱號的古城維洛納，這所有的情愛糾

葛，都只是存在於作家本身腦子裡的想像。只是這想像
透過莎翁之筆，而深深烙印在所有讀者的腦海裡了，可
能是因為太多人相信了、或是感覺太深刻了，這一切，
竟然到最後，好像變成真有其事了。

於是，真的有很多人寫信給茱麗葉，甚至在地址上只寫
著「寄給義大利維洛納的茱麗葉」，飽受情傷的人們對
著茱麗葉訴說自己的愛情困擾，希望茱麗葉可以為他們
指點迷津，至今已經累積超過數萬封的信件，電影中的
這般情節可再也不是幻想，而是紮紮實實根據事實所改
編而來的。

所以你說，這些在愛裡的人，是不是真的很瘋癲？

在飛機上看完了這部電影，我翻開了地圖，開始研究
Verona 的地理位置，正好介於威尼斯與米蘭中間，從米
蘭過去差不多四十分鐘的火車車程。嗯，我把她用紅
筆圈了起來，嗯對，我只是想站在茱麗葉之家（Casa di
Giulietta）的那個陽台上，大聲的唸出那段經典的台詞，
　"O Romeo, Romeo, wherefore art thou Romeo? "（喔羅密歐，
羅密歐，為何你是羅密歐呢？）

你問我不知道這故事是假的嗎，我知道啊，你問我不知
道那個陽台是後來為了觀光客而打造出來的嗎，我知道

啊，你問我不知道羅密歐與茱麗葉的愛情故事有多悲慘嗎，我知道啊。那你幹嘛要去呢？

我就是必須得去，而且這次絕對比去那個香水小鎮格拉斯有更充分的理由。

因為我覺得這又是一個巧合的 Sign。大學時候念的是英國文學系，「莎士比亞」絕對是必修課程，教學活潑的教授要求我們，每一次期中以及期末的報告都要分組用演的，所以對於那些莎士比亞的劇本，經過一次又一次的排練而背得滾瓜爛熟。我記得那時候班上女生很多，女孩兒們最想演的角色當然就是「茱麗葉」了，其實記不清楚最後是誰演去了這個角色，反正不是我，我就在家裡對著鏡子，念著那段經典的台詞而暗自心碎。

O Romeo, Romeo, wherefore art thou Romeo?
Deny thy father and refuse thy name;
Or if thou wilt not, be but sworn my love
And I'll no longer be a Capulet.

所以這次，我可是要好好的一圓學生時期的夢想，我要站在那個二樓的陽台上，讓大個兒在一樓扮演著羅密歐，自己淋漓盡致地演一場！！而且我相信，也許只有到了那邊，才能瞭解這鋪梗超過十幾年的線索，究竟會

帶來什麼答案。

從米蘭坐上火車到了維洛納，像是從台北到桃園那樣的
方便距離，出了車站，招了台計程車，就直奔茱麗葉之
家。司機咕嚕咕嚕的說著口音很重的英文，把我們丟在
觀光客聚集的領主廣場（Piazza della Signoria），心想應該就
在附近了，反正跟著人潮走準沒錯。

廣場上有著一個熱鬧的假日市集，賣些花草、蔬果、當
地甜點之類的雜貨，在陽光下挺有氣氛的。再走個兩步
就是頗負盛名的圓形劇場，也是維洛納最有名的羅馬遺
跡，跟羅馬競技場比起來稍微小一號的模樣。

往古城裡面走去，就會看到茱麗葉之家的路標，看來這
世上不只有我一個瘋子，專程跑來維洛納大聲呼喊羅密
歐的名字。

到了茱麗葉之家，會先經過一個滿是塗鴉的穿廊，牆壁
上是各種色筆、各種語言畫下的愛戀，滿滿的，一層又
一層的疊上去的名字，眼花撩亂。

過了穿廊，就是個小小的庭院，擠滿人的庭院，一尊弱
不禁風的茱麗葉銅像佇立在角落，人們說，去摸摸她的
右邊胸部就可以得到幸福（why ？？？），茱麗葉的右

胸被摸得閃閃發亮，對比之下她左手護著的左胸，像是蒙上了一層不得寵的灰。

抬頭一看，一眼就認出那茱麗葉的陽台了，要上那個陽台，還要多付四歐元的入場費，大個兒說你不要無聊了啦，上面那麼擠、那麼多人等著拍照，我說不管我就是要上去，我來的目的就是這個陽台啊，「好啦，隨便你，那我在樓下幫你拍照」，他悻悻然的說。

於是排了十五分鐘的隊，我終於站上那個陽台，往下從近百個人頭當中努力搜尋著我的羅密歐，找了好久，聽到他的聲音，「看這邊！！」。我對著鏡頭盡力擺出淒美心碎的笑容，竟沒那樣的勇氣在後面長長隊伍張望等待下大聲呼喊出 "O Romeo, Romeo！"，而這一切就在狼狽、草率、慌張當中匆忙結束了。

下樓後，我看著大個兒拍下的照片，我的臉如同一粒沙般丁點兒大小，不仔細看還以為是磚牆上年久剝落的痕跡，我才驚覺這一切有多麼愚蠢荒謬。

雖然他還是耐著性子說：「路小姐，請問一下，這樣你滿意了嗎？」我生氣的嘟起了嘴、鐵青著臉，以惱羞成怒的姿態快步離開了茱麗葉之家。

終於在米蘭，
找到了這趟旅行的答案

羅密歐與茱麗葉從來就不存在於這個世界上啊，就像是
愛情永遠無法用具體的形狀出現在你我面前，這一切的
Sign 都是來自於自己心裡的想像。

人們總是費盡心思尋找代表愛情的符號，不論是塞納河
畔的情人橋、夏威夷的雙道彩虹、維洛納的茱麗葉之
家、情人手上那把九十九朵紅玫瑰的花束、恆久遠而永
流傳的一克拉鑽石……太多太多了，只要有人說那代表
了愛情、象徵了幸福，我們就如此盲目而浪漫的追尋
著，就算俯拾即是的滿滿幸福就在身旁，我們還是如同
矇上了眼那樣的往前橫衝直撞，以為這才是對愛的永恆
信仰。

好像漸漸懂了，看著身後這位大個子男生，千里迢迢地
陪著我，來到了這個莫名其妙的茱麗葉陽台，此刻不但
不能說出任何落井下石的話，還要裝瘋賣傻的逗著氣嘟
嘟的我，一下子講笑話，一下子裝可愛，只為了讓我可
以笑一個。

而我終於笑了，因為我發現好像找到了答案。

在旅程的最後，似乎真的漸漸懂了，我愛情的符號，就
是你那顆平實而單純的心。

只要有你
牽著我的手，
哪裡都是最美的風景。

從現在開始美好

所以我說我一直是相信萬事天注定的那種人啊，相信似乎在人生中的大小事，其實都是照著老早寫好的劇本陸續發生的，很多感覺上做了決定的時刻，其實也只是原屬於劇本的一部分，「就讓自己做個不同的決定吧！」，這樣的想法不過是讓一切看來沒那麼無可救藥的處於宿命之論，說穿了，也只是安慰自己罷了。

而在旅行的時候，這個感覺又更加強烈了，可能是身心靈都處於一種無人打擾、無憂無慮的狀態，更能夠感受天地萬物之間的奧妙連結。尤其是這次一整個月的旅行，前進的地方都是從沒去過的城市或鄉間，該怎麼安排前後行程、該怎麼停留或離開，在撇除了所有硬梆梆的實用旅行資訊後，最後還是得把決定權交給心。

而總是一次又一次地發現，這行程、天氣、心情、景色之間恰如其分的巧妙安排，想著這到底是誰的功勞，最後明白了，原來這是讓自己的心做了主人之後，所得到的美好鼓勵。

只要有你
牽著我的手

旅行了將近一個月之後，我們終於擺脫了一件事—「旅行感」，我終於感覺到全然的自在放鬆，不必拘泥於「正在旅行中」的狀態而去做選擇或判斷。我們回到了真正的生活，不論在哪個城市，都可以輕易掌握並享受自己生活的核心價值。

這就像是，用我們的感受帶領著腳下的足跡畫出了一個巨大、耗時的圓，從起點開始，沒料到，最後竟還是回到了原點。只是你不走這一遭，終究一輩子無法瞭解。

其實只要有你牽著我的手，哪裡都是最美的風景。

而米蘭（Milano）這個城市，恰如其分的在此趟旅行的終站，扮演了襯托這樣優美概念的配角。對，鼎鼎大名的米蘭，她一點兒都不是個搶戲的主角，她是舒服漂亮的生活背景，突顯出來訪者本身強烈的存在。

先從住宿的飯店說起好了，看著米蘭各式各樣的飯店，有極致義大利風情的熱情如火，也有碧麗輝煌的宮廷風格，更少不了後現代的極簡主義。回想這趟旅行，住過各種形形色色的簡樸民宿、五星級飯店、豪華渡假村，要在哪裡劃下一個句點，才能稱作是完美的旅行規劃？

每一個美好的飯店，
都開啟了对這城市的美好想像

我被這家粉嫩夢幻的飯店吸引了，她的名字叫做 Château Monfort。從走進大門就是一場甜美的體驗，大廳上方圓拱形透明玻璃的屋頂引進了初秋的暖陽，地板上彩色的磨石子裝飾出飯店的古典 Logo，Lobby 躺著一顆顆如同馬卡龍外形、繽紛粉彩色系的椅子，粉紅和粉藍切割成小兔子形狀的名片，放在擦到發亮的大理石桌面上。親切溫暖的服務人員，帶領我們搭上了播放著甜甜民謠曲調的電梯，來到了我們的房間。

這絕不是旅行節目做多了的職業病，雖然的確在錄旅行節目的時候，無一倖免的必須在打開每一間飯店房門時，以驚訝誇張的表情大聲喊出「哇…」，但這次，我是百分之百的真心的「哇」了出聲。

純白顏色的房間，一張軟綿綿的白色大床躺在中間，如同大廳屋頂設計那樣，有著兩片透明玻璃的天窗，就巧妙安插在床頭的兩側，想像在夜裡只要一張眼、一歪頭，就可以看到星星，在白晝被陽光溫暖曬醒的那樣浪漫。床的左側是浴室區，僅由著一張透明上有古典刻花的玻璃間隔著，法式浴缸用那四隻短短的貝殼形狀銀色小腳斜站在那兒，最可愛的是，浴缸旁邊純裝飾性的黑色煤油爐，以及晾在麻繩上的、看起來是上個世紀的家居服和一雙破舊襪子。

那就好像，你走進了上個世紀的某戶人家借宿幾宿，這戶人家也許並不是那麼富有，但是卻盡可能地讓客人感受到溫馨滿足的家庭氣氛。這屋內光線明亮、窗明几淨，主人是一對樸實善良的中年夫妻，還有一對可愛調皮的雙胞胎，屋內濃濃的煤油味，是一種小時代的溫馨想像。

對，我真的被這屋內的可愛裝置拉進了時光隧道，開啟了無限想像。

床的右側是梳妝休憩區，小小的梳妝台，內崁式的衣櫃，一盞像是中古世紀仕女紗帽的立燈，還有一對小桌椅，小桌子上擱著一個籐籃，裡面有些做女紅的棉線圈、蕾絲布等等，強烈的生活感受就從這些飯店刻意營造的裝飾而滿溢了出來，這些看似那麼無用的東西，卻是這家飯店最細膩的巧思，這打到我了，完全命中我易感的心。

開了桌上的香檳，喇叭接上音樂，Miss Ko（葛仲珊）的Slide 又在房間響起，又開始了，如同回到人類最原始的狀態，一開心，我們兩個又牽著手跳舞了，在普羅旺斯的草原上，也在米蘭夢幻飯店的房間裡，跳舞。

接著幾天在米蘭的生活似乎沒什麼好描述的，但不代表我們不開心喔。我們很開心，每天東晃西晃的，從大街逛到了小巷，走遍了艾曼紐二世迴廊（Galleria Vittorio Emanuele II）的名店街，也佇足在米蘭大教堂（Duomo di Milano）前寬闊的廣場，循著地址探訪了 Maison Martin Margiela 低調隱身小花園裡的旗艦店，也發現了好幾家風格獨特的 Select Shop，大個兒很開心，終於來到有賣「他的尺寸」的店舖（你可以想像在亞洲他為了尺碼總是太小受了多少苦），而且不是運動風，而是非常時髦的義大利剪裁做工的時尚單品。

看著他從試衣間的窄窄通道走來，換上一套又一套的勁裝，臉上帶著男模的自信笑容，我忙著為每一件衣服打勾勾或是畫上叉叉。「每一件都買好了！」到最後，我不禁這樣說了，不是不耐煩，而是每一件真的都太好看了，大個兒的衣服本來就難買，機會難得，此時不買，更待何時。終於在旅程的終點，也把行李箱理所當然地塞爆了。

我們每天都挑一家露天座椅的餐廳用餐，白天以白酒、夜晚是紅酒佐餐已成了這個月來養成的習慣，總是花了很多時間看著街邊形形色色的好看的人，從傍晚天依舊微亮吃到黑夜降臨，微醺的雙眼看出去的世界更加充滿

迷幻色彩，最後再回到那張就像棉花糖的白色大床上，甜甜的進入夢鄉。

我喜歡米蘭，她是個好輕鬆自在的城市，很前衛也夠古典，很流行也處處是經典，人行道上綠蔭扶疏，有城市的氣味，卻也充滿大自然的色彩。

我喜歡米蘭，我們在這個城市沒有旅遊感的實際生活著，慢慢地整理著這個月的所有心情，一點一滴地把心情從完美夢境漸漸轉回即將面對的現實。

我心滿意足，甚至想著這會不會是最終在回顧我這一生時，最閃耀的記憶。翻來覆去想著，後來，我選擇相信，這只是一個邁向美好的開始，從這個月，從現在開始，我再也不是一個人了，這一生，會有個親愛的人，陪著我，從此刻開始，無止盡的燦爛。

我的蜜月，精彩落幕。

我的甜蜜婚姻生活，正式開始隆重登場。

後記

我不是旅遊作家

曾經我有一個自以為很完美的人生願望—我要當個旅遊作家。為了接近這個願望，我努力練習寫作，我特別去上了攝影的課程，想搞懂到底怎麼用單眼相機拍出更加專業的照片，我的家裡不斷累積各式各地旅遊書籍，我計劃著一次又一次的旅行，想像著有一天，當自己再也不適合現在這份工作的時候，我可以靠著我的筆和我的眼，繼續維持生活溫飽，並且快樂的以我最愛的旅行方式聊度餘生。

直到寫完了這本書之後，我才發現，我差得遠了，我根本無法當個稱職的旅遊作家。

也許是我太感性了，我根本無法用理性的方式敘述我所眼見的觀光風景名勝，或說，其實我發現了我並不在乎，那些可以用「標題式」吸引人的旅行目的地。

我會為了一口甜甜的空氣感動，為了一朵盛開的花兒而佇足，為了一片夕陽晚霞而不顧一切，為了一片湛藍的海洋而停留，為了睡一場午覺而跑得老遠，為了一個笑容而改變計劃，為了一個愛戀的人而把周遭世界變成滿滿的粉紅色。這些看似微不足道的強烈感受，它們無以名狀，無法用三言兩語就讓人明白，更無法掛上任何響亮招牌。

我太容易分心了，我的靈魂常常在旅途中不經意的飄走了，穿越時空，神遊。

總是在一個不經意的狀態下，我會想起好多年前的某個場景、某個人、某句話，然後在內心默默思念緬懷。或是在毫無預期的一個猛然瞬間，我與內在那個停留在某年的、還沒長大的小女孩有了連結，我坐上了時光機器，與那時候的她好好聊聊，終於解決了她的擔憂煩惱，也順勢解決了長大以後的我所面對的未來。這是旅行中最無法預期的驚喜，我無法告訴你內在的旅程如何與外在的旅行齊頭並進，只能鼓勵你放任自己的心自在悠遊、無限闖蕩。

我盡其可能的誠實紀錄下來我在每個片刻的真實感受，那因為旅行而認識的自己、愛情、人生，甚至是世界的

模樣。那些亙古的美麗建築、藝術人文、山川海洋也許永遠不會改變，每天太陽還是依舊會從東方昇起、從西方落下，而渺小如我們的存在，像是一條涓涓細流，流過了這個畫面，繼續往未知方向走去。我們的足跡一定會消逝不見，如同幾千年前踏過同一片土地的人們那樣，唯有自我內在的體會才能在靈魂中得到永恆。

我說不出那些地方、那些人們的傳奇，我只能在自己的故事中繾綣。

寫下我一個月的蜜月旅行，寫下了從阿姆斯特丹、巴黎、巴賽隆納、卡爾卡頌、普羅旺斯、馬賽、蔚藍海岸、羅馬、托斯卡尼、威尼斯到米蘭的旅程，這完整的一個月，有爭吵有甜蜜，有悲傷有歡笑，有驚險有喜悅，而大半時間，則是平淡無奇的安心踏實。我想像著這也許就是人們口中婚姻生活的小小縮影，兩個人的日子，必須同心一致的有著往前走的目標，不論遭遇了什麼樣的困難，還是要邁開大步，繼續前進。旅行中的目標必定是對下一個城市的美好想像，而生活中的目標也許是房子、孩子或是更多無法想像的未來，我期許著彼此，拿出對旅行的渴望與勇氣，當然少不了船到橋頭自然直的樂觀精神，在未來幾十年的日子裡，可以繼續徜徉在人生這趟偉大的奇幻旅程當中。

寫下一個月的蜜月旅行，絕不是要誰羨慕或是忌妒，而是對自己的一份誠懇交代。在從情侶變成夫妻的關係中，我把這個月當成心態轉移的分水嶺，在旅行中仔細看清並且接受彼此的不同，然後準備從此以生命共同體的狀態，互相支持而努力。

這本原本被設定為遊記的書，到頭來旅行寫得寥寥無幾，寫著寫著，最終還是回到了愛情。我放肆著雙手在鍵盤上自由跳躍著，從不干擾它們的自由創作，就像看著我潛意識當中的小精靈出來說話那樣，透過這些文字，我看到了內在仍舊迷戀著愛情的自己，就算跑到了天涯海角，還是只在乎著身旁的他。

於是我終於認清了這件事實。

我不是旅遊作家，但我一定會繼續旅行下去。

我想在世界的每一个角落，
跟你說，我愛你 ♡

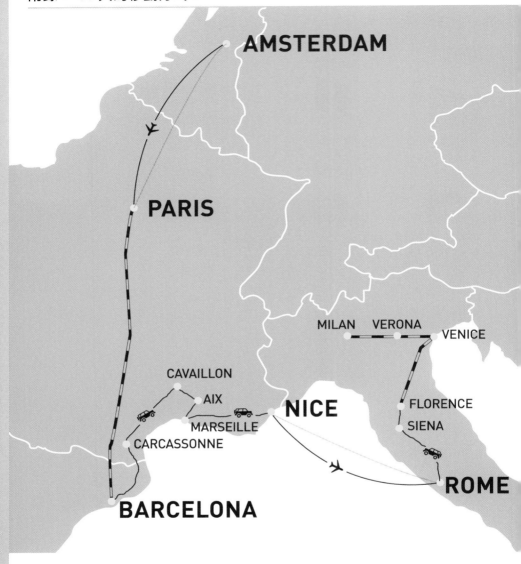

30 天的蜜月旅行，住哪裡？

哪裡吃？哪裡買？

🛒 **Masion de la Truffe**

📍 Marbeuf / 14 rue Marbeuf 75008 Paris
Madeleine / 19 Place de la Madeleine
75008 Paris

☎ Marbeuf / +33153574100
Madeleine / +33142655322

🕐 Marbeuf / 星期一至星期五
pm12：00~pm03：00
pm19：00~pm10：30
* 星期四、五營業至 pm11：30

Madeleine / 星期六
pm19：00~pm11：30
星期一至星期六
am10：00~pm10：00store
pm12：00~pm10：30tasting
room

@ www.maison-de-la-truffe.com/

🛒 **Galeries Lafayette Haussmann**

📍 40, Boulevard Haussmann 75009
PARIS

☎ +330142823456

🕐 星期一至星期日
am9：30~pm8：00
* 星期四營業至 pm9：30

@ http://haussmann.
galerieslafayette.com/en/

🛒 **Printemps Haussmann**

📍 64, bd Haussmann 75009 Paris -
France

☎ +330142825000

🕐 星期一至星期六
am9：35~pm8：00
* 星期四營業至 pm10：00

@ http://departmentstoreparis.
printemps.com/

🛒 **Christian Etienne**

📍 10 rue de Mons 84000 Avignon

☎ +330490861650

🕐 星期日及星期一公休

@ http://www.christian-etienne.fr

🛒 **L'Arome**

📍 2 rue lucien blanc, 84480 Bonnieux,
France

☎ +330490758862

🕐 pm12：00~pm02：00
pm07：00~pm21：30
* 星期三及星期四中午公休

@ http://www.laromerestaurant.com

🛒 **THE MALL**

📍 Via Europa 8 50066 Leccio Reggello (FI)

☎ +390558657775

🕐 每天 am10：00~pm07：00
休館日：1 月 1 日、3 月 31 日、12
月 25 日、12 月 26 日

@ http://www.themall.it

🛒 **Molinard**

📍 60, boulevard Victor Hugo - 06130
Grasse

☎ +330493360162

🕐 每天 am09：00~pm06：00
每年七月～八月
am09：00~pm07：00

@ http://www.molinard.com/fr

哪裡玩？

📺 梵谷美術館 Van Gogh Museum　　　　P.19

📍 P.O. Box 75366 1070 AJ Amsterdam

☎ +310205705200

🕐 根據季節調整開放時間，請參閱官方網站。

💲 成人 15 歐元

🚋 **有軌電車**
從阿姆斯特丹的中央車站，搭乘有軌電車 tram 2（往 Nieuw Sloten）或 tram 5（往 Amstelveen Binnenhof），在「the Van Baerlestraat」站下車。

@ www.vangoghmuseum.nl

📺 奧賽美術館 Musée d'Orsay　　　　P.56

📍 1, rue de la Légion d'Honneur, 75007 Paris.

☎ +330140494814

🕐 am09：30~pm06：00
* 最後售票時間 pm05：00
每星期二延長開館至 pm09：45
* 最後售票時間 pm09：15
每星期一及每年的 5 月 1 日、12 月 25 日休館

💲 成人 9 歐元

🚋 **地鐵**
搭乘 Line 12，在「Solférino」站下車。
區域快鐵
搭乘 Line C，在「Musée d'Orsay」站下車。
巴士
24、63、68、69、73、83、84、94
如果你沒有預計在巴黎停留太多時間，不妨試著搭觀光巴士遊巴黎，是個既經濟又能快速飽覽巴黎名勝的好選擇。

@ www.musee-orsay.fr/

📺 聖日耳曼德佩修道院 Abbaye de Saint-Germain-des-Prés　　　　P.57

📍 3, Place Saint-Germain-des-Prés – 75006 Paris

☎ +330155428110

🚋 **地鐵**
搭乘 Line 4，「Saint-Germain-des-Prés」站下車。

@ http://www.eglise-sgp.org

📺 西堤島上的巴黎聖母院 Cathédrale Notre-Dame de Paris　　　　P.57

📍 6 Parvis Notre-Dame Place Jean-Paul II 75004 Paris

☎ +330142345610
* 星期一至五 am09：30~pm06：00
* 星期六、日 am09：00~pm06：00

🕐 每天 am08：00~pm06：45
* 星期六、日延長至 pm07：15

💲 免費

🚋 **地鐵**
搭乘 Line 4，在「Cité」站或「Saint-Michel」站下車。
搭乘 Line1 或 11，在「Hôtel de Ville」站下車。
搭乘 Line 10，在「Maubert-Mutualité」站或「Cluny – La Sorbonne」站下車。
搭乘 Line 7、11 或 14，在「Châtelet」站下車。
區域快鐵
搭乘 Line B 或 C，在「Saint-Michel - Notre-Dame」站下車。

@ http://www.notredamedeparis.fr/

📺 莎士比亞書店 Shakespeare&Company　　　　P.44

📍 37 rue de la Bûcherie 75005 Paris

☎ +330143254093

🕐 星期一至星期日 am10：00~pm11：00
* 星期日 am11：00 開始營業

🚋 **區域快鐵**
搭乘 Line B 或 C，在「Saint-Michel - Notre-Dame」站下車，徒步約 10 分鐘。

@ http://shakespeareandcompany.com/index.php

哪裡玩？

聖心院 Basilique du Sacré-Cœur　　P.45

- 35, RUE DU CHEVALIER-DE-LA-BARRE 75018 PARIS
- +330153418900
- 星期一至星期日 am06：00~pm10：30
- 免費
- **地鐵**
  搭乘 Line12，在「Abbesses」站下車。
- www.sacre-coeur-montmartre.com/

達利美術館 ESPACE DALI　　P.45

- 11 rue Poulbot, 75018 Paris
- +330142644010
- 星期一至星期日 am10：00~pm06：00
  * 每年的七月、八月開放至 pm08：00）
- 11.5 歐元
- **地鐵**
  搭乘 Line 12，在「Abbesses」站下車。
- http://daliparis.com/ENGEspace/index.html

羅浮宮 Musée du Louvre　　P.57

- Musée du Louvre, 75058 Paris - France
- +330140205317
- 每星期一、四、六、日
  am09：00~pm06：00
  每星期三、五
  am09：00~pm21：45
  * 每星期二、1 月 1 日、5 月 1 日、8 月 15 日、11 月 11 日、12 月 25 日休館
- 常設展覽門票 12 歐元
  每月第一個星期日及法國國慶日 7 月 14 日免費入場
- **地鐵**
  搭乘 Line 1 或 7，在「Palais-Royal-musée du Louvre」站下車。
  巴士
  21、24、27、39、48、68、69、72、81、95
- http://www.louvre.fr/

艾菲爾鐵塔 La Tour Eiffel　　P.58

- +330144112311
- 根據不同的登塔方式及日期，開放時間也有所不同，請參閱官方網站。
- 成人
  電梯門票（至二樓）8.5 歐元
  電梯門票（至頂樓）14.5 歐元
  樓梯門票（至二樓）5 歐元
- **地鐵**
  搭乘 Line 6，在「Bir-Hakeim」站下車。
  搭乘 Line 9，在「Trocadéro」站下車。
  區域快鐵
  搭乘 Line C，在「Champs de Mars - Tour Eiffel」站下車。
  巴士
  82、42、87、69
- http://www.tour-eiffel.fr/

奎爾公園 Parc Güell　　P.73

- +34934091831
- 根據季節調整開放時間，請參閱官方網站。
- 網路購票 成人 7 歐元
  現場購票 成人 8 歐元
- **地鐵**
  搭乘綠線（L3），在「Vallcarca」站或「Lesseps」站下車，再徒步大約 15 分鐘即可抵達。
  巴士
  搭乘 Line H6 或 32，在「Travessera de Dalt」站下車，再徒步大約 10 分鐘即可抵達。
- http://www.parkguell.cat/

聖家堂 La Sagrada Familia　　P.74

- +34935132060
- 每年 10 月到 3 月 am9：00~pm18：00
  每年 4 月到 9 月 am9：00~pm20：00
  每年的 12 月 25 日、26 日以及 1 月 1 日、6 日 am9：00~pm14：00
- 成人 14.8 歐元
- www.sagradafamilia.cat

哪裡玩？

📖 **米拉之家 Casa Milà** P.67

📍 Provença, 261 - 265. 08008, Barcelona.

☎ +34902202138

🕐 每年 11 月 4 日 ~2 月 28 日
每天 am09：00~pm06：30
* 最後入場時間 pm06：00
每年 3 月 1 日 ~11 月 3 日
每天 am09：00~pm08：00
* 最後入場時間 pm07：30

💲 成人 16.5 歐元

🚗 **地鐵**
搭乘 Line3 或 5，在「Diagonal」站下車。
FGC 火車
搭乘 ESC、L6、L7、S1、S2、S5、S55，
在「Provença」站下車。
RENFE 國鐵火車
在「Passeig de Gràcia」站下車。

@ http://www.lapedrera.com

📖 **教皇宮 Palais des Papes** P.111

☎ +330432743274

🕐 請參閱官方網站。

💲 成人 10.5 歐元

@ http://www.palais-des-papes.com/fr

📖 **聖貝內澤斷橋 Pont St. Benezet** P.111

☎ +330432743274

🕐 請參閱官方網站。

💲 成人 4.5 歐元

@ http://www.avignon-pont.com

📖 **聖母院（馬賽）Basilique Notre Dame de la Garde** P.138

📍 Rue Fort du Sanctuaire 13281
Marseille Cedex 06

☎ +330491134080

@ http://notredamedelagarde.com/

📖 **西恩納大教堂 Duomo di Siena** P.199

🕐 每天 am10：30~pm7：30
* 十一月到五月開放至 pm6：30

💲 成人 5 歐元

📖 **羅馬競技場 Colosseum** P.167

☎ +390639967700

🕐 根據季節調整開放時間，請參閱官
方網站。
* 每年的 1 月 1 日、12 月 25 日休館

💲 成人 12 歐元
* 可線上購票，自行列印即可進場。

🚗 位在羅馬市中心的古羅馬競技場附近就有單車租
借處，不妨以單車行動，探索羅馬城中幾個知名
的古蹟，逛累了，也可以找個競技場的遮蔽處，
悠閒地啜飲一杯義式咖啡。
地鐵
搭乘 Line B，在「Colosseo」站下車。

@ http://www.the-colosseum.net/

📖 **梵蒂岡博物館 Musei Vaticani** P.182

📍 Viale Vaticano, 00165 Rome

☎ +390669884676
+390669883145

🕐 星期一至星期六 am09：00~pm06：00
*pm04：00 停止售票

💲 成人 16 歐元

🚗 **地鐵**
搭乘 Line A，在「Ottaviano - S.Pietro」站
或「Cipro Musei Vaticani」站下車，再徒
步約 10 分鐘即可抵達。
巴士
搭乘 49 號，在博物館出口前下車。
搭乘 32 號、81 號或 982 號，在「Piazza
del Risorgimento」站下車，再徒步大約 5
分鐘即可抵達。
區域快鐵
搭乘 Tram 19，在「Piazza del
Risorgimento」站下車，再徒步大約 5 分
鐘即可抵達。

@ http://mv.vatican.va/index.html

📖 **茱麗葉之家 casa di giulietta** P.240

📍 Via Cappello 23, Verona, Italy

☎ +390458034303

🕐 星期二到星期日 am08：30~pm07：30
星期一 pm01：30~pm07：30

💲 成人 6 歐元

唯心 0001

不玩會死
—— 陪我任性一個月好嗎？

作　　　　者 — 路嘉怡
特 約 編 輯 — 賀郁文
責 任 編 輯 — 簡子傑
封 面 設 計 — IF OFFICE
內 頁 設 計 — Rika Su、犬良設計
執 行 企 劃 — 汪婷婷
董 事 長
總 經 理 — 趙政岷
第 三 編 輯 部
總 編 輯 — 周湘琦
第 三 編 輯 部
副 總 編 輯 — 陳慶祐
出 版 者 — 時報文化出版企業股份有限公司
　　　　　　10803 台北市和平西路三段二四〇號二樓
　　　　　　發 行 專 線 —（〇二）二三〇六六八四二
　　　　　　讀者服務專線 — 〇八〇〇二三一七〇五
　　　　　　　　　　　　　（〇二）二三〇四七一〇三
　　　　　　讀者服務傳真 —（〇二）二三〇四六八五八
　　　　　　郵　　　　撥 — 一九三四四七二四時報文化出版公司
　　　　　　信　　　　箱 — 台北郵政七九～九九信箱
時 報 悅 讀 網 — http://www.readingtimes.com.tw
電子郵件信箱 — books@readingtimes.com.tw
法 律 顧 問 — 理律法律事務所　陳長文律師、李念祖律師
印　　　　刷 — 詠豐印刷有限公司
初 版 一 刷 — 二〇一四年五月九日
初 版 四 刷 — 二〇一四年七月十七日
定　　　　價 — 新台幣 三二〇 元

特 別 感 謝 —

⊙ 行政院新聞局局版北市業字第八〇號

國家圖書館出版品預行編目資料

不玩會死陪我任性一個月好嗎? ／路嘉怡著.
-- 初版. -- 臺北市：時報文化, 2014.05
面；公分
ISBN 978-957-13-5960-1[平裝]

855　　　　　　　　　　　103007823

FOR BEL✛VED ONE
寵愛之名

*10*分鐘發光奇蹟
高活性集中快速亮白
熊果素肌因美白凍膜Q10微粒+

紫外線

乾燥

汙染

環境傷害

NEW
Q10微囊包覆技術

FOR BEL✛VED ONE
Q10+
a-ABU+
TECHNOWHITE™
Deluxe Whitening
30ml / 1.76 oz.

人氣網模拍照秘密武器・體驗10分鐘發光奇蹟

FOR BEL✛VED ONE
寵愛之名

掃描QR CODE至活動網頁來看網
模拍照發光的秘密武器,即日起
至5/31止填寫資料就送寵愛之
名熊果素肌因美白凍膜Q10微粒+
體驗包。※數量有限 送完為止

4/23~6/10
買就送
寵愛之名保濕系列 好禮五選一
(特規商品與面膜除外)

《不玩會死》讀者活動回函

　　只要您完整填寫讀者回函內容，並於 2014/07/15 前 (以郵戳為憑)，寄回時報文化，就有機會獲得讀者專屬好禮喔！

得獎名單將於 2014/08/15 前刊登於「時報出版粉絲團」

- -

♥ 若人生中只有一次長途旅行的機會，您會想和誰一起創造美好的回憶？(50 字內)
旅伴：_____　　地點：_____　　天數：_____
原因：_____
_____

♥ 最喜歡的章節與原因？_____
_____

♥ 請問您在何處購買本書籍？
□誠品書店　　　□金石堂書店　□博客來網路書店　□其他網路書店
□一般傳統書店　□量販店　　　□其他

♥ 請問您購買本書籍的原因？
□喜歡主題　　□喜歡封面　□價格優惠　□喜歡回函活動禮
□喜愛作者　　□工作需要　□實用　　　□其他

♥ 您從何處知道本書籍？
□一般書店：_____ □網路書店：_____ □量販店：_____ □報紙：_____
□廣播：_____ □電視：_____ □網路媒體活動：_____ □朋友推薦 □其他

注意事項：
- 本問卷請將正本寄回不得影印使用。
- 本公司保有活動辦法之權利，並有權選擇最終得獎者。
- 若有其他疑問，請洽客服專線：02-23066600#8219

讀者資料：(請務必完整填寫，以便贈禮寄送)
姓名：_____ □先生 □小姐　年齡：_____　職業：_____
聯絡電話： (H)_____　　　　(M)_____
地址：□□□_____
E-mail：_____

※ 請對摺後直接投入郵筒，請不要使用釘書機。

| 廣 | 告 | 回 | 信 |
| 台 北 郵 局 登 記 證 |
| 台 | 北 | 廣 | | 字 |
| 第 2 2 1 8 號 |

時報文化出版股份有限公司

108 台北市萬華區和平西路三段 240 號 2 樓

第三編輯部 收

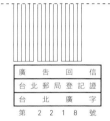